Fire and Night

Zoe Violett

Lisa-Marie

Autorin

Unter dem bezaubernden Pseudonym Zoe Violett entführt die Autorin Leserinnen und Leser in die faszinierenden Welten ihrer Geschichten. Geboren und aufgewachsen im Herzen der grünen deutschen Landschaft, hat sie seit frühester Kindheit eine Leidenschaft für Literatur entwickelt. Zwischen den Seiten von Büchern und der Welt von Zahlen und Buchstaben balanciert sie seit ihrem Wirtschaftsstudium. Wobei sie feststellt, dass die Rationalität der einen keineswegs die Fantasie der anderen ausschließt.

In ihren Büchern verschmelzen Realität und Fantasie auf einzigartige Weise. Sie sind gespickt mit Sinnlichkeit, die Zoe als prickelnde Spielwiese der Worte betrachtet. Diese bietet den Lesern einen willkommenen Ausgleich. Mit jeder Seite entführt sie ihre Leserschaft in ein Abenteuer, in denen Träume Wirklichkeit werden und Grenzen zwischen Fiktion und Realität verschwimmen. Zoe Violett ist nicht nur eine Autorin, sondern eine Geschichtenerzählerin, die es versteht, Emotionen in ihren Lesern zu wecken und sie auf eine unvergessliche Reise zu entführen.

Wer mehr erfahren möchte, besucht die Autorin und entdeckt so ihre Welt.

www.heikegehlhaar.de - Instagram und TikTok @zoe-violett-autorin

Triggerwarnung: Dieses Buch enthält Textpassagen, die für Personen unter 18 Jahren nicht geeignet sind.

Jegliche Ähnlichkeiten mit realen Personen sind rein zufällig und von der Autorin nicht beabsichtigt.

Lieblingszitate:

»Nur keine Scheu. Es imponiert mir, wie schnell Sie sich mit der neuen Situation arrangieren können. Wissen Sie, Marie …«

»Lisa-Marie«, murmelte sie, worauf er nur die Augenbrauen hochzog. Sie rang förmlich nach Luft.

»Ich weiß, bevorzuge aber Marie. Lisa erinnert mich zu sehr an die Arbeit.«

Mirko:

»Sobald wir uns dem Tisch nähern, werde ich nur noch Dr. Mirko Klepic sein. Und …«, er hob seinen Zeigefinger, »… du tust nichts weiter, als zu beobachten. Erklärungen folgen später. Hast du mich verstanden?«

Lisa-Marie:

»Himmel, Mirko, ich bin doch kein kleines Kind. Was soll das?«

Vielleicht sollte ich dem lustigen Vogel ein paar Einzelheiten unserer Bettgeschichten der vergangenen Nacht erzählen?, sagte ihr Blick.

Mirko:

»Tue es, nur zu. Leider wirst du dann den restlichen Tag nichts über Archivierung lernen, sondern über Gehorsam.«

Zoe V iolett c/o COCENTER Koppoldstr. 1 8 6551 Aichach
ISBN : 978-3-7693-1476-2
Die automatisierte Analyse des Werkes, um daraus Informationen
insbesondere ü b e Muster, Trends und Korrelationen gemäß §44b UrhG
(„Text und Data Mining") zu gewinnen, ist untersagt.

© **Cover-und Umschlaggestaltung: Coverdesign und Umschlaggestaltung:
Florin Sayer-Gabor - www.100covers4you.com Unter Verwendung von
Grafiken von Adobe Stock: Hanna Aibetova**

Verlag: BoD · Books on Demand GmbH, In de Tarpen 42,
22848 Norderstedt, bod@bod.de
Druck: Libri Plureos GmbH, Friedensallee 273, 22763 Hamburg

Bibliografische Informationen der Deutschen Nationalbibliothek:
Die Deutsche Nationalbibliothek verzeichnet diese Publikation in der Deutschen Nationalbibliografie; detaillierte bibliografische Daten sind im Inter-
net über http://dnb.d-nb.de abrufbar.

Kapitel 1

Es war ein bezaubernder Sommertag, den Lisa tatsächlich zu genießen begann. Vor einer Stunde war sie in das hübsche Zimmer eingezogen.

Die dritte Weiterbildung in zwei Jahren, dachte sie. Bei allem, was man mir bisher zugemutet hat, könnten die nächsten Tage vielleicht doch zum Highlight werden. Seufzend hängte sie ihr Lieblingskleid in den Schrank.

»Nicht, dass es wirklich einen Sinn macht«, brummte sie kopfschüttelnd, ging zum Fenster und öffnete es.

Tief einatmend begann sie zu grübeln. Jedes Mal hegte sie die Hoffnung endlich voranzukommen. Klar, die hier angebotenen Seminare hatten einen guten Ruf und waren keinesfalls zu unterschätzen.

»Wenigstens übernimmt Carson sämtliche Kosten.«

Und deshalb glaubst du keine Wahl zu haben, nörgelte die kleine fiese Stimme in ihrem Kopf.

Nicht erst seit heute beschlich sie das Gefühl, wenn Timo Carson mit einer Anmeldung in der Tür des Stadtarchivs auftauchte, beruhigte der mit seiner angeblichen Großzügigkeit nur sein schlechtes Gewissen.

Verdammt, trotzdem sollte ich das ausnutzen, oder nicht? Anderenfalls wäre es doch Dummheit!, widersprach sie ihrem wütenden Ego. Hat es dir je etwas genützt?, fragte es weiter. Keinen Euro mehr, dafür Arbeiten bis zum Umfallen und die versprochene Stelle im Hauptarchiv bekam die dämliche Sabine. Sicher, wenn du blond und naiv bist oder an richtiger Stelle, vorzugsweise bei Timo, die Beine breitmachst. Oh, oh, Schätzchen, ganz dünnes Eis, warnte die blöde Kuh hinter ihrer Stirn.

»Dein Job nimmt im Ranking mieser Beschäftigungen eindeutig eine vordere Platzierung ein«, hatte Lisas Mutter gemault, bevor sie mit dem Koffer aus der Tür ging.

Sicherlich war das Problem für sie nicht neu. Aber die angestaute Wut darüber presste ihr schon wieder den Brustkorb zusammen.

»Zumindest das Thema in diesem Jahr und die Art des Seminars, wie den Zeitpunkt frei wählen zu dürfen, ist doch ein Fortschritt.«

Vier Tage; Chroniken im Allgemeinen - Spezialgebiet Staatsarchiv

Akten wälzen, archivieren und dabei auf Entdeckungsreise zu gehen, waren ihre große Leidenschaft. Als Carson seine Unterschrift unter das Antragsformular setzte, hatte sie sich wie eine Siegerin gefühlt.

»Klar Süße, wir wissen beide, wem du das zu verdanken hast«, hatte seine Sekretärin Kirsten erklärt.

»Ja, ich weiß. Gib endlich Ruhe«, war Lisa herausgerutscht.

Grund genug für Kirsten, wie ein D-Zug aus dem Büro zu stürmen und dabei die Tür scheppernd ins Schloss zu werfen.

Dabei hatte sie verdammt noch mal Recht. Nur Minuten, bevor Lisa das Büro des Chefs betreten hatte, war Sabine im Flur erschienen.

Nur kein Neid, meine Liebe, piesackte sie ihre murrende Begleiterin im Kopf. Im Gegensatz zu dir, hat Sabine Sex und den in einer Art ... »Schluss jetzt, halt die Klappe.«

Lisa schüttelte den Kopf, in der Hoffnung, Neid gar nicht erst aufkommen zu lassen. Stattdessen lenkte sie ihre Gedanken auf die vor ihr liegenden Tage im Grünen. Sie wusste, den Teilnehmern stand hier reichlich freie Zeit zur Verfügung.

»Ein paar Sommerabende allein und ungestört, die können nicht schaden. Stress hatte ich in den letzten Wochen genug.«

Lisa kannte das Schulungszentrum sowie das angrenzende Hotel. Wunderschön gelegen, an der Peripherie des nahen Mittelgebirges, gerade renoviert und der hiesigen Universität angeschlossen. Sport- und Freizeitanlage uneingeschränkt nutzbar, waren ein echter Pluspunkt für das Objekt. Der Andrang von Mittwochnachmittag bis zum Wochenende hielt sich meistens in Grenzen.

Schneller als angenommen, bekam sie die dringend notwendige Auszeit. Bereits nach der obligatorischen Begrüßung teilte man ihrer Seminargruppe mit, der zuständige Dozent sei seit dem Morgen krank. Eine Vertretung stand erst am folgenden Tag zur Verfügung.

Klasse, dachte sie und wälzte im Hinterstübchen neue Pläne.

Die Tatsache, dass sich das Seminar um einen Tag verlängerte, stieß nicht bei jedem auf Verständnis. Lisa konnte damit leben. Für das Wochenende hatte sie ohnehin keine Pläne. So endete der erste Seminartag am Mittag.

Kapitel 2

Die Sonne stand hoch am azurblauen Himmel. Temperaturen, die es locker auf fünfunddreißig Grad brachten und ein leichtes Lüftchen, boten paradiesische Voraussetzungen für einen relaxen Nachmittag.

Lisa zog sich kurze Shorts über, bewaffnete sich mit Sonnencreme und Brille, klemmte sich ein Buch unter den Arm und schon konnte es losgehen.

Zunächst musste das Gelände ausgiebig inspiziert werden. Obwohl sie schon einmal hier war und sich auskennen sollte, kannte sie nur die Innenanlagen des Hotels. Vorigen Winter hatte sich die Lust auf Besichtigungstouren in Grenzen gehalten.

Die Sportanlagen waren clever angelegt. In mitten einer großzügigen Parkanlage gelegen und weit genug voneinander entfernt, um ungestört trainieren zu können.

Neugier zog sie zu den Sportstätten. Neben einer Leichtathletik- und Tennisanlage kam sie an einer Schwimmhalle vorbei. Doch wenig später hing ihr Blick an einer Anhöhe.

Etwas verborgen, umgeben von Laubbäumen und gepflegtem Rasen, zeigte sich in der Senke ein Beachvolleyballfeld. Üppige Laubkronen spendeten ausreichend Schatten.

»Da entgeht man bei diesen Temperaturen einem Hitzschlag.«

Jeder Ort, an dem sie vorbeikam, war ungenutzt. Doch hier tobte das Leben.

Die sind clever!, dachte sie und griente. Kann ich so was von verstehen, bei der Glut. Training barfuß im Sand und im Schatten ist durchaus eine Alternative zur überhitzten Tartanbahn.

»Einige Leute haben hier so richtig Spaß«, murmelte sie und folgte dem Gelächter.

Der Lärmpegel zog sie magisch an und die Neugier war geweckt. Sie spürte, wie ein unverschämtes Grinsen ihr Gesicht eroberte. Was sie sah, erhöhte ihren Puls und die Laune.

Der Blick auf das Spielfeld zeigte zehn Männer, die beinahe nackt im Sand tobten.

»Testosteron in Höchstform«, raunte sie ohne ihren Schritt zu verlangsamen.

Der Ehrgeiz der Spieler schien riesig und schickte jedes ihrer Hormone in die unterste Etage. Was um sie herum geschah, dafür hatte sie keine Augen. Die hingen an den brüllenden Muskelpaketen, die sie empfindlich schlucken ließen. Zum Glück war die Adonisgruppe mit sich selbst beschäftigt, was ihr erlaubte, das Treiben genauer zu verfolgen.

Als zurückhaltend würde sie sich nicht bezeichnen. Im Gegenteil, ihre Freundinnen beschrieben sie als wild. Jedes Abenteuer war ihr willkommen. Trotzdem bemühte sie sich jetzt um einen diskreten Platz. Einen, der es ihr ermöglichte, jeden der Kerle unter die Lupe zu nehmen. Dabei möglichst weit genug entfernt, um nicht wirklich aufzufallen. Neugierig oder aufdringlich wollte sie nicht wirken.

Direkt auf dem Hügel unter einer ausladenden Linde ließ sie sich im Gras nieder. Sie öffnete ihr Buch und begann zu lesen. Ab und an verfolgte sie das Treiben im Sand. Minuten später interessierte sie das Buch nur noch am Rande. Das, was sich vor ihren Augen abspielte, war viel zu interessant. Fasziniert beobachtete sie die geballte Energie, die sie förmlich mit den Händen greifen konnte.

Wie lange sie ihnen zusah, dafür fehlte ihr inzwischen jegliches Gefühl. Irgendwann wurde ihr klar, einer von ihnen wirkte unkonzentriert, weil er unentwegt zu ihr hinüberschaute. Er schien einzig mit dem Beobachten der vermeintlichen Zuschauerin beschäftigt, denn nach und nach verlor er das Interesse an dem, was sich im Sand abspielte. Alle anderen hatten Lisa noch nicht registriert.

Zunächst beobachteten sie sich eine Zeit lang, bis sie das Gefühl beschlich, den Mann zu kennen.

Das ist doch … Nee, Lisa, du spinnst! Das kann nicht sein, plärrte die Stimme unter ihrem schwarzen Pony.

Sie kniff die Augen zusammen. Ganz gleich, ob sie sich bemühte das Offensichtliche abzustreiten, ihre Bauchgegend bestätigte nervös zuckend den ersten Verdacht.

Und ob ich den kenne!, widersprach sie ihrem Verstand.

Sie hatte ihn nur noch nie ohne Arztkittel gesehen. Begeisterung und Panik überfielen sie praktisch gleichzeitig und verdoppelten ihren Herzschlag. Dennoch rückte sie ein Stück nach vorn in Richtung Spielfeld. Gerade so weit, dass er sie aus der Ferne nicht wirklich erkennen konnte. Wenigstens hoffte sie es.

»Wo hatte ich nur meine Augen?«

Sein Anblick ließ sie für Sekunden die Luft anhalten. Eine knappe Badehose über seiner kräftigen Hüfte erlaubte ihr einen Blick auf das, was ihr der schlabberige Kittel bisher verwehrt hatte. Ein faszinierender und gut gebauter Männerkörper versteckte sich darunter. Der bewegte sich lässig und ohne eine Spur der Behäbigkeit zu zeigen, die er sonst ausstrahlte.

Seine braungebrannte Haut glänzte in der Sonne. Ein vollkommen anderer, als der, den sie sonst über den Krankenhausflur schleichen sah.

Verdammt gute Tarnung, überlegte sie immer nervöser.

Wie ferngesteuert folgte ihr rasender Puls den weit aufgerissenen Augen. Unter ihrer Haut flitzten gefühlt Horden von Ameisen umher.

Bevor sie wirklich begriff, dass er nicht dortblieb, von wo aus er sie beobachtete, erschrak sie heftig. Womöglich hatte er sie ebenfalls erkannt.

»Verflucht«, murmelte sie und biss sich auf die Unterlippe.

Was er rief, als er in ihre Richtung zeigte, verstand sie nicht. Der andere Mann schaute kurz zum Hügel, nickte nur und spielte dann weiter.

Oh, oh, dachte sie.

Zu ihrem Ärger hatte ihr Körper längst entschieden, sich keinen Millimeter zu bewegen. Als wäre sie mit dem Rasen verwachsen, starrte sie ihm regungslos entgegen. Am liebsten hätte sie sich in Luft aufgelöst.

»Scheiße, zu spät! Das sieht nach Flucht aus, wenn ich jetzt gehe«, redete sie sich ein.

Lächelnd bewältigte er den Anstieg auf den Hügel. Dieses Bild von einem Mann hieß Mirko Klepic und war Stationsarzt der Chirurgischen Abteilung der Universitätsklinik Berlin Mitte. In dieser Funktion begleitete er die Sprechstunden zur Gelenkchirurgie. Lisa litt seit frühester Kindheit an immer wiederkehrenden Gelenkwucherungen. Ein Grund, weshalb sie ihm regelmäßig über den Weg lief. Das erfahrene Team hatte die Krankheit gut im Griff. Ein Glück für sie und die Art, wie sie lebte.

Seit zweiundzwanzig Jahren gehörte die regelmäßige Nachsorge zu ihrem Alltag. Ihre erste OP hatte sie mit fünf. Vor drei Jahren war sie Mirko zum ersten mal begegnet. Still und unnahbar, so würde sie ihn beschreiben. Allerdings hatte sich sein Verhalten im Laufe der Zeit verändert.

In Lisas Gegenwart ging er mit Worten sparsam um, was sie verstand. Sie hing an seinen Lippen, wann immer sie sich trafen. Die Aufregung in seiner weichen Stimme mochte sie.

Spricht er wirklich so schlecht?, fragte sie sich spontan. Sei ehrlich, Lisa, forderte ihr Gewissen. Dich befällt Herzrasen, ganz gleich was aus seinem Mund kommt. Stimmt, dachte sie.

Außer einem hinreißenden Akzent waren seine Sprachkenntnisse in Ordnung. Obendrein verlieh er ihm eine ungewöhnliche Ausstrahlung und einen Hauch von Geheimnisvollem.

Ein Doktortitel bedeutet nicht automatisch auch ein Sprachgenie zu sein, dachte sie, als er näherkam.

Ihr Interesse an seiner Person hatte schnell private Züge angenommen. Das war ihm nicht verborgen geblieben. Oft beließ er es bei einem aufmerksamen Lächeln. Sie hörte ihm nicht zu, war stattdessen mit ihren Gedanken auf amourösen

Abwegen. Hin und wieder erlaubte er ihr einen winzigen Blick hinter seine gut geschützte Fassade. Gewöhnlich dann, wenn er sich unbeobachtet fühlte. Meist drehte sie sich beim Gehen noch einmal zu ihm um. Ob sie es sich einbildete, dass seine dunklen Augen ihr länger nachschauten, als es erlaubt war, darüber ließe sich streiten. Vermutlich gehörten solche Dinge ins Reich der Fantasie. Davon war sie bis heute überzeugt.

Und nun kam er zielstrebig auf sie zu. Auf dem gut gepflegten Gesicht stand das herausfordernde Grinsen eines Bad Boys. Damit kannte sie sich aus. Schließlich betrachtete sie diesen Männertyp als ihr bevorzugtes Beuteschema.

Je näher er kam, desto besser hatte er sie im Blick. Der raubte ihr den Atem. Erneut spürte sie Aufregung, die er vermutlich an der Röte ihrer Wangen ablesen konnte. Seine Miene verriet ohne jeden Zweifel, dass ihm klar war, wie er auf sie wirkte.

Schon stand er, ein wenig außer Atem, direkt vor ihr. Er schob die Sonnenbrille auf seine Stirn und streckte ihr die Hand entgegen.

»Hallo! Was machen Sie denn hier?«

Seine Stimme hörte sich bekannt an, aber dann auch wieder nicht. Sein tiefer Ton sauste vom Gehörgang direkt an ihrem Bauch vorbei in die unterste Etage. Die Erkenntnis ließ sie schlucken. Sein Daumen, der ihr für Sekunden über die Haut streichelte, brachte ihr Blut in Fahrt. Er zwinkerte vergnügt und setzte sich zu ihr ins Gras.

Egal, wie sehr ihr Puls raste, sie wusste genau, was sie wollte. Die Überraschung, die ihr noch in den Gliedern saß, hinderte sie keineswegs daran, die einmalige Gelegenheit zu nutzen. Verwegen schielte sie ihn von der Seite an.

Wenn das Leben unbedingt Schicksal spielen will, wer bin ich, diese Chance vorüberziehen zu lassen? Im selben Augenblick, wie sie ihre Gedanken überfielen, ahnte sie, dass sich alles, was von nun an geschah, sich auf diese drei Tage und Nächte beschränken könnte.

Das war ihr im Moment reichlich egal. Seit Mirko neben ihr saß, hörte die Welt um sie auf zu existieren. Seinem Blick nach zu urteilen, beruhte diese Tatsache auf Gegenseitigkeit.

»Ich lasse mich weiterbilden, bin heute Morgen erst angekommen«, erklärte sie endlich und verlor sich in seinen Augen.

»Na, so ein Zufall«, erwiderte er. »Ich erfreue mich an einem einwöchigen Ärztekongress. Samstag werde ich abreisen.«

Augenscheinlich versuchte er seine Begeisterung zu verbergen.

»Das trifft sich ja prima. Ich werde Samstag ebenfalls nach Hause fahren.«

Ihr Lächeln sprach von Freude über die einzigartige Gelegenheit. Die Art, wie er sie ansah, sowie die klaren Gesten seines Körpers ließen sie plötzlich hoffen. An Dinge wie Schicksal glaubte sie noch nie. Aber dieser Zufall hatte durchaus etwas Schicksalhaftes an sich von dem sie sicher war, wenn sie ihn ignorierte, würde sie es später bereuen. Wenigstens dann, wenn sie ihm irgendwann wieder gegenüberstand.

»Was lernen Sie denn so den ganzen Tag?«, unterbrach er schmunzelnd ihre Grübelei.

»Archivierung im Allgemeinen«, antwortete sie und machte ein wichtiges Gesicht.

»Klingt ja faszinierend. Da wünsche ich Ihnen spannende Stunden.«

Feixend legte er sich ins Gras zurück und schaute zufrieden in den Himmel.

Die erste Nervosität existierte nicht mehr und machte Platz für Neues. Zeit für Lisa, sich ebenfalls leger zurückzulehnen, auf dem Ellenbogen abzustützen und ihn ungeniert zu mustern. Ihn zu beobachten, bescherte ihr ein ungezogenes Kribbeln jenseits des Bauchnabels. Auch wenn sie noch zweifelte, würde sie sich nicht abwenden.

»Haben Sie heute Abend schon Pläne?«, flüsterte er.

Dabei sah er sie an, als wären sie die Einzigen weit und breit.

Der Kerl hat überhaupt kein Problem damit, dass seine Kollegen ihn sehen können. Oder ist es bei solchen Kongressen üblich, sich zu fremden Frauen ins Gras zu legen?

Je länger sie ihn ansah, umso weniger störte es sie, was andere möglicherweise dachten.

Wow, diese Augen, sein Mund! Ihre Gedanken drehten sich wie ein Kettenkarussell.

Mühsam riss sie sich los.

»Wenn Sie mich so fragen«, gab sie genauso leise zurück. Der Ton ihrer Worte zauberte ihm ein verführerisches Lächeln ins Gesicht. »Haben Sie denn einen brauchbaren Vorschlag?«

»Ich denke schon. Es gibt hier ganz in der Nähe, hinter dem Park, ein gutes Restaurant mit einer schönen Terrasse. Ich glaube, wir bekommen eine laue Sommernacht. Wie wäre es mit Essen gehen?«

»Gern«, sagte sie mit einem eingemeißelten Grinsen, das ihr beinahe peinlich war.

»Gut, dann treffen wir uns gegen sechs unten an der Rezeption. Wenn Ihnen das recht ist.«

Für Mirko war der gemeinsame Abend bereits in dem Moment, als er es aussprach, beschlossene Sache. Lisa mochte Männer, die wussten was sie wollten und fähig waren, die Dinge selbst in die Hand zu nehmen.

»Fein, ich freue mich. Ich werde pünktlich sein, versprochen.«

Für Sekunden zog ein dunkler Hauch über sein Lächeln. »Schön, ich verlasse mich darauf. Besser ich schaue mal nach den anderen. Am Ende verlieren die Herren noch ohne meine Hilfe.«

Schon war er auf den Beinen, nahm die Sonnenbrille von der Stirn, zwinkerte ihr noch einmal zu und machte sich auf den Weg. Keiner hatte von seinem Ausflug Notiz genommen.

Was, wenn er das nicht zum ersten Mal tut? Sofort wischte sie den Zweifel weg.

Sie war nicht bereit, weiter darüber nachzudenken. Vielmehr beeindruckte sie die Lockerheit, mit der er sich seinen unsicheren Sprachkenntnissen stellte. Möglich, dass ihm einfach nur vor Aufregung das notwendige Vokabular nicht einfiel.

Oder er spielt ein undurchschaubares Spiel, warnte der Zweifel. Auf irgendeine Art werden wir schon kommunizieren, beschloss sie, als sie zum Hotel zurückging.

Etwas durcheinander, jedoch entschlossen zu nutzen, was ihr die Gelegenheit in die Hände spielte, stand sie vorm Spiegel. Sie war sich bewusst, was auch immer in den kommenden Tagen geschah, vielleicht alles sein könnte, was sie von ihm erwarten durfte.

Ist es ein Fehler? Unruhe machte sich breit. Andererseits ist das Leben unberechenbar und was habe ich schon zu verlieren?

Sie war nicht der Typ Frau, die in der Zukunft auf einer Bank saß, um sich zu erinnern. Diese einmalige Chance aus Feigheit zu verpassen, war eine Vision, mit der sie sich nicht anfreunden konnte. Dafür war sie nicht geschaffen. Die Vorstellung an eine Zukunft mit Mirko war schon vorhanden. Voraussetzen oder es zur Bedingung zu machen, war keine Option. Auch wenn beinahe jede Frau, die sie kannte, vermutlich genau so handeln würde.

Na und? Ich habe schon immer getan, was ich will, widersprach sie ihrem aufschreienden Gewissen, um es sich gar nicht erst anders zu überlegen.

Kapitel 3

Unruhig stand sie in der großen Halle.

Nur gut, dass ich das Sommerkleid mitgenommen habe, lobte sie sich und schaute sich um.

Mit ihrem hellblauen Blick schlich sie an der schmalen Hüfte vorbei und begutachtete abschätzend ihre schlanken Fesseln. Sie hob die Augen. Mirko kam um die Ecke, als die Uhr über dem Tresen achtzehn Uhr zeigte. Ein breites Grinsen umspielte seine Lippen. Ihr gefiel, was sie sah. Mit hellem Poloshirt, leichter Hose und einem grauen Pullover über den Schultern, verpasste ihr sein Anblick heftiges Verlangen.

Sie verließen das Hotel und schlenderten schweigend durch den Wald zum Restaurant. Obwohl es langsam Abend wurde, stand die Sonne noch weit über dem Horizont. Dementsprechend fühlten sich die Temperaturen an. Unter dem Blätterdach des Parks spürten sie die Hitze kaum. Während des kurzen Weges versuchte sie, ihn zu begutachten. Sicher kannten sie sich seit langem, was nicht bedeutete, dass sie jemals nur ein privates Wort gewechselt hatten.

Welcher Nationalität gehört er an und warum ist er hier?

Fragen über Fragen, die sie nicht erst heute beschäftigten.

Dass er nicht hier geboren sein konnte, verriet sein Name und der ausgeprägte Akzent. Von dem konnte sie nicht genug bekommen. Ein Grund, warum er sie so anzog. Hinzu kam, dass er unverschämt gut aussah und offenbar eine gute Partie war.

Und nicht vergeben? Verbirgt er ein Geheimnis?

Im Augenblick durfte er so viele Geheimnisse haben, wie er wollte. Daran verschwendete sie jetzt mit Sicherheit keinen weiteren Gedanken. An seiner Seite zu sein, fühlte sich richtig an. Seit drei Jahren kannten sie sich. Doch dieser Abend war damit nicht vergleichbar. Auch wenn sie nicht an Zufälle glaubte, war sie dankbar. Ihn wirklich kennenzulernen, wäre ihr im normalen Alltag nicht erlaubt gewesen.

»Haben Sie denn heute schon etwas gelernt?«, fragte er grinsend.

»Nein, nichts. Der Dozent ist seit heute Morgen krank. Damit hatte sich der Unterricht erledigt. Etwas Organisatorisches zum Seminarablauf, dann war Feierabend.«

»Hoffentlich haben Sie den schönen Nachmittag richtig genutzt?«

»Oh, ja«, antwortete sie und strahlte. »Ich wollte lesen. Was sich dann live vor meinen Augen abgespielt hat, war aber viel interessanter.«

»So, verstehe!« Wieder dieses freche Grinsen. »Sehen Sie, da vorn wollen wir hin«, lenkte er ab. »Ich sagte doch, es ist nicht weit. Hoffentlich gefällt es Ihnen.«

Als sie auf die Lichtung kamen, konnte Lisa das Restaurant in voller Größe bestaunen. Er hatte recht. Es war ein sehr schönes Haus, mit einer noch schöneren Terrasse. Mirko wählte ein Plätzchen etwas abseits. Wenig später kam die Bedienung mit der Karte.

Sie sah ihm herausfordernd in die Augen. »Erlauben Sie mir Sie auszufragen? Bitte halten Sie mich nicht für neugierig. Aber ein passenderer Moment mehr über Sie zu erfahren, ergibt sich vielleicht so schnell nicht wieder.«

»Nur zu«, sagte er. »Im Grunde nur fair. Wenn ich über Sie etwas wissen will, genügt mir ein Blick in Ihre Krankenakte.«

Während er sie erwartungsvoll betrachtete, verdunkelte sich sein Blick. Nicht so, als wäre er ärgerlich über ihre Eigenmächtigkeit. Eher bröckelte seine Fassade. Mit jeder Sekunde, die verging, bekam sie ein Gespür für den Mann im einstigen Schlabberkittel.

Augenblicklich verschwand ihr Hirn im Nebel. Sein Mund zeigte ein Lächeln, wogegen die dunkle Ausstrahlung blieb. Ohne seine Haltung aufzugeben, hielt er ihren Blick gefangen. Sich nur Zentimeter über den Tisch beugend, raunte er: »Nur keine Scheu. Es imponiert mir, wie schnell Sie sich mit der neuen Situation arrangieren können. Wissen Sie, Marie …«

»Lisa-Marie«, murmelte sie, worauf er nur die Augenbrauen hochzog. Sie rang förmlich nach Luft.

»Ich weiß, bevorzuge aber Marie. Lisa erinnert mich zu sehr an die Arbeit.«

Er machte eine künstliche Pause, in der sie spürte, wie ihre Wangen in Hitze aufgingen.

»Ich freue mich genauso wie Sie über unsere private Begegnung.« Erneut stockte er und fixierte ihren Blick. »Bis heute rechnete ich nicht damit, Sie einmal ungezwungen zu erleben. Sie sind eine schöne und interessante Frau, deren Ausstrahlung mir schlaflose Nächte bescherte.«

Was?, dachte sie und starrte ihn an. Keine Sekunde wagte sie an das zu glauben, was er so unverblümt ausplauderte.

Er tat, als bemerkte er ihre Zweifel nicht. »Die wenigen Tage in einer Art zu nutzen, die ich mir schon länger wünsche, ist aufregend, meinen Sie nicht?«

Eine Antwort schien er nicht zu erwarten, denn augenblicklich lehnte er sich wieder zurück und schloss die Augen. »Ich für meinen Teil würde es vorziehen, der kurzen Zeit offen zu begegnen und das Danach auszublenden.«

Stille. Lisa konnte gerade noch ein nervöses Knabbern an den Nägeln verhindern.

Auweia, dachte sie und vergrub ihre Hände unter ihren Oberschenkeln.

Dabei blickte sie ihm in die beinahe schwarzen Augen, die sich gerade wieder öffneten.

»Nur Mut«, forderte er. Seufzend fuhr er mit seiner Hand über sein perfekt rasiertes Kinn. »Möchten Sie, dass ich Ihnen helfe?«

Die samtweiche Stimme war zurück. Sie schluckte nervös und errötete.

»Vorschlag: Ich erzähle einfach von mir und Sie fragen nach, sollte ich Wesentliches vergessen. In Ordnung?«

Erleichterung beschlich sie. Zum einen verschwand der dunkle, heiße Ausdruck in seinen Augen hinter einem Lächeln und erlaubte ihrem Gehirn eine Pause. Andererseits hätte sie nicht wirklich gewusst, wie sie ihre Neugier formulieren sollte. Ganz sicher stellte sie die falschen Fragen. Noch mehr fürchtete sie sich vor dem, was er antworten könnte. Jetzt lag es an ihm. Was er zu sagen hatte, konnte sie nicht beeinflussen.

»Mein Name ist Mirko«, begann er. »Seit zwei Wochen bin ich zweiunddreißig Jahre alt, ledig und habe keine Kinder. Meine Familie wohnt in einem kleinen Ort bei Travnik.«

»Wo ist das? Oh, entschuldigen Sie, ich wollte Sie nicht unterbrechen.«

Peinlich berührt blinzelte sie in die Sonne. Verlegen kaute sie auf ihrer Unterlippe. Abrupt veränderte sich seine Ausstrahlung. »Kein Problem. Travnik liegt einhundert Kilometer vor Sarajevo. Ex-Jugoslawien, heute Bosnien-Herzegowina. Oder das, was vielleicht in Kürze noch davon übrig ist.«

Er verstummte und sah an ihr vorbei. Ganz so, als überlegte er, was er ihr zumuten konnte. Die Auseinandersetzungen im Balkan zogen sich seit Jahren hin und beschäftigten ihn offenbar mehr, als es hierher passte. Ein prüfender Blick traf sie.

Sie suchte nach den richtigen Worten. »Ich weiß Bescheid«, flüsterte sie.

Ihre Stimme klang rauer, als es ihr lieb war.

»Bisher musste ich oft die Erfahrung machen, außer Neugier hält sich das Interesse in Grenzen. Das ist durchaus nicht ungewöhnlich. Wer will sich schon mit einem Krieg befassen? Absurd genug, es ist schließlich mitten in Europa.«

Seine Mimik schien einzufrieren. Beinahe bereute sie ihre Neugier. Nach einer Pause begann er von Neuem. »Sie erstaunen mich.« Seine Stimme hörte sich ehrlich an. Das Verführerische war aus ihr gewichen. »Ich gebe zu, so ernsthaft hätte ich Sie nicht eingeschätzt. Mein Eindruck hat sich inzwischen verändert, dass ich damit richtig liege … Trotzdem, danke.«

Sie verhielt sich still. Ihn abzulenken, war keine Option. Völlig gleich, wie lange sie in dieser Blase aus Erinnerungen festhingen. An seiner Geschichte nicht interessiert zu sein, wäre eine Lüge. Ihr Instinkt forderte es ohnehin von ihr. Sie hatte lange Feuer gefangen und konnte es nicht verbergen.

Will ich das überhaupt?, fragte sie sich, als er sich räusperte.

»Ursprünglich kommt meine Familie aus Travnik in der Nähe der Hauptstadt. Dort bin ich geboren. Wegen des Studiums zog ich nach Sarajevo. Kurze Zeit später holte ich meine Eltern nach. Von dem Geld, was ich nebenbei verdiente, kaufte ich einen kleinen Bauernhof. Wirklich sehr klein. Aber es reichte ihnen und sie fühlten sich wohl. Meine Mutter war so glücklich in meiner Nähe. Den kleinen Hof haben sie tatsächlich noch bis vor zwei Jahren bewirtschaftet. Doch dann mussten sie sich immer weiter ins Hinterland zurückziehen. Sarajevo war einfach zu nah. Inzwischen haben sie sich ins Heimatdorf meines Vaters durchgeschlagen.«

Er holte tief Luft. Seine Augen glitten über sie hinweg und verloren sich im Grün der Hecke. Das Thema belastete ihn. Sie wartete geduldig. Was hätte sie sonst tun sollen? Keinesfalls wollte sie ihn abhalten, seine Gedanken mit ihr zu teilen, egal wie lange es dauerte. Der Weg zu ihm begann mit seiner Vergangenheit, soviel wusste sie instinktiv.

»Verzeihen Sie, ich dachte nicht, dass mir das Erzählen von zu Hause so schwerfällt.«

»Sie müssen das nicht. Ich glaube nur, es könnte Ihnen helfen. Viel Gelegenheit, über das Thema zu reden, haben Sie sicher nicht.«

»Das ist wohl wahr, Marie.« Er wartete eine Sekunde, ob sie ihn noch einmal berichtigte. »Meine Geschichte wollten bisher nur wenige hören. Leider befand ich mich in Deutschland und hatte meine erste Assistenzstelle an der Charité angenommen, als meine Eltern den Hof verlassen mussten. Was sollte ich machen, sofort zurückkehren?« Sein Blick verlor sich erneut hinter ihrem Ohr. »Sie haben doch nur mich. Dass sie mir verboten nach Hause zu kommen, machte es leichter. Ich denke, sie wollten mich nicht ans Militär verlieren.«

Plötzlich verstummte er. Für Lisa war es schwierig nachzuvollziehen, was in ihm vorging. Sie war es gewohnt, ihr Leben in Freiheit zu bewältigen. Auch wenn das alles andere als einfach war. Verlegen klammerte sie sich an seinen Blick.

»Meine Mutter war der Meinung, wenn der Krieg vorbei ist, braucht das Land Ärzte wie mich.«

Jetzt ist es raus!, schrie ihr Gehirn. Deshalb ist er ungebunden. Er wird hier nie sesshaft werden und sich keinesfalls binden. Zurückzugehen in seine zerstörte Heimat wird schwer genug. Dafür kann er keine Familie am Rockzipfel gebrauchen.

Was sollte sie jetzt tun? Hatte sie wirklich schon so weit in die Zukunft denken wollen? Heute Morgen wusste sie noch nicht einmal, dass sie ihm begegnen wird. Im selben Augenblick beschloss sie, das Problem zu verschieben und es in den nächsten Tagen einfach darauf ankommen zu lassen.

Ihre eigene Zukunft stand genauso in den Sternen, möglicherweise noch mehr als seine. Ob die immer wiederkehrenden Wucherungen an ihren Gelenken jederzeit gutartig bleiben würden, konnte niemand wissen. Ein Recht, Mirko mit Hoffnung auf ein gemeinsames Leben näherzukommen, schloss sie kategorisch aus.

Ängste und Zweifel ließen sie seit Jahren nicht nach vorn schauen. Zukunftsplanungen hatte sie sich abgewöhnt. Sie genoss ihr Leben, als gäbe es kein Morgen mehr. Ähnlich würde sie es jetzt handhaben.

»Wann, denken Sie, können Sie zurück?«

»Weiß ich nicht. Noch immer scheinen wir von Frieden weit entfernt zu sein.«

Dann schlich sich ein Schmunzeln in sein Gesicht. »Lassen Sie uns über etwas anderes reden.« Gleichzeitig kehrte der verführerische Ton in seine Stimme zurück. Als sie gerade antworten wollte, kam ihr Essen. Das Restaurant hatte nicht grundlos einen guten Ruf. Hier konnte man es aushalten. Sie war dankbar, dass heute nur wenige Gäste auf der Terrasse saßen.

»Wollen wir einen Wein dazu trinken?«, fragte er.

»Gern, einen milden Weißwein, bitte«, erklärte sie der Bedienung, die sich umgehend auf den Weg machte.

Innerhalb kurzer Zeit kam sie zurück, stellte die Gläser mit einem Lächeln ab und entfernte sich. Schnell nahm Mirko ein Glas, reichte es hinüber, bevor sie es tun konnte. Dann fragte er mit einem Blick, der auf ihrer Haut ein aufregendes Kribbeln hinterließ: »Worauf wollen wir trinken?«

»Auf uns.«

Als seine Augenbrauen nach oben schossen und seine Pupillen eine dunklen Schatten bekamen, hätte sie sich beinahe verschluckt. Soviel Mut war selbst für ihre Verhältnisse erstaunlich.

Mit einem zufriedenen Brummen nahm er ihre Worte zur Kenntnis. »Ich schlage vor, wir gehen zum Du über. Da ich älter bin, bestehe ich darauf. Ich bin Mirko.«

»Angenehm. Lisa … ähm …« Sein Blick, der ihr für Sekunden unter die Haut kroch, beendete ihren Satz.

Kapitel 4

Während der nächsten zwei Stunden tauschten sie Belanglosigkeiten aus. Eigentlich sprach nur Lisa und Mirko hörte aufmerksam zu, ohne sie zu unterbrechen. Dabei gelang es ihm, dass sie vom Frust über die berufliche Situation erzählte. Mit einem fürsorglichen Lächeln entlockte er ihr nicht nur wo sie arbeitete, sondern auch die Leidenschaft, mit der sie ihre Aufgaben wahrnahm.

Irgendwann beschloss er, dass es Zeit war zu gehen. Er übernahm die Rechnung, was sie sonst nie erlaubte. Bereits jetzt schon, unfähig in irgendeiner Art zu reagieren, nahm sie es hin.

Zurück durch den Laubwald in Richtung Hotel, führte sie ihr Weg an einem See vorbei. Die Sonne ging allmählich unter und hinterließ am Horizont einen gelb-rosa Schimmer. Auf einer flachen Holzbrücke blieben sie stehen. Lisa lehnte am Geländer und schaute auf das im Zwielicht des nahenden Sonnenunterganges silberglänzende Wasser. In dessen Mitte schlossen sich gerade die Blüten der Teichrosen. Ein atemberaubender Anblick.

Keiner sagte ein Wort. In ihr stieg die Nervosität. Sie musste sich arg zusammenreißen, um nicht zu zittern. Dann spürte sie seine Hand. Sanft drehte er sie um und seine Arme schlossen sich um ihre Taille. Als wäre es nicht das erste Mal, schmiegte sie sich an seine Brust. Sie spürte sein Herz schlagen. Es hämmerte wild unter seinem Shirt.

Wie können sich zwei fremde Menschen urplötzlich so nah sein?

Begleitet von den letzten Sonnenstrahlen blickte sie ihm gebannt in die Augen. Langsam näherte sich sein Mund. Dieser Kuss war seit langem das Außergewöhnlichste, was ihr passierte. Die Sekunden vergingen. Besitzergreifend wollte er anscheinend nur ungern ihre Lippen freigeben. Dann löste er sich, griff nach ihrer Hand und schlenderte wortlos neben ihr her.

Seine Lippen fühlen sich an wie Wolken, dachte sie mit weichen Knien. Oh, man, reiß dich bloß zusammen, flehte sie sich an.

Keine Chance. Ihre Gefühle beschlossen, ihr Eigenleben ins Unermessliche zu steigern. Vorm Hotel angekommen, sah er ihr in die Augen. Ihr Herz raste, als läge ihre Hand zum ersten Mal in der eines anderen. Mirko war eben nicht irgendein Mann. Jeder Wimpernschlag hing an seinem stetig dunkler werdenden Blick, der unbeirrt an ihrem bebenden Körper klebte.

Am Ende blieb nur noch eine Frage: »Gehen wir zu dir oder zu mir?«

Und dann brauchte es nur Sekunden. Der Ausdruck in seinem stolzen Gesicht schickte ihr einen Schauer über den Rücken.

Das fühlt sich so verdammt richtig an, widersprach sie dem Protest in ihrem Kopf.

Im Eingangsbereich des Hotels bat er sie, einen Augenblick zu warten.

»Was glaubst du denn? Natürlich werde ich ohne dich keinen Meter weitergehen«, flüsterte sie.

Mit einem zärtlichen Lächeln wandte er sich um und verschwand im nächsten Flur. Wenig später stand er wieder neben ihr. Seine Mimik hatte etwas Spitzbübisches. Mit ihr an der Hand zog es ihn zügig zu den Fahrstühlen. Während sie ihn verblüfft ansah, schob er ihr ein Stück Plastik zwischen die Finger.

Ihre Wangen brannten. Nach allem, was dieser Moment versprach, übernahm heftige Erregung die Regie, die sie fürchten sollte. Bedenken hatten keine Chance. Die ließ sie nicht zu. Ihr rasender Puls forderte, sich dem gigantischen Verlangen nach ihm zu stellen.

»So, na dann. Gib mir eine halbe Stunde«, raunte sie an seinem Ohr.

Ein kurzes Nicken und ein dunkler Blick bestätigten, dass er verstand. »Okay. Zimmer 101 – rechts am Ende des Flurs. Ich besorge uns noch etwas zu trinken.«

Er zog sie heftig an sich und fuhr ihr mit der Zunge flüchtig am Hals entlang, dann war er gegangen. Ohne auch nur einen Moment zu zögern, machte sie sich auf den Weg.

Kapitel 5

Sie brauchte keine halbe Stunde, um mit ihrem Äußeren zufrieden zu sein und mit klopfendem Herzen vor seiner Zimmertür zu stehen.

Die Tür wurde geöffnet. Das Licht war gedimmt, leise Musik lief im Hintergrund, von der sie zunächst gar nicht wusste, wo sie herkam. Sie zögerte, bevor sie näher trat und mitten im Raum stand. Fröstelnd sah sie sich um. Bis eben hatte sie noch vor Selbstbewusstsein gesprüht. Jetzt, wo sie ihm so nahe war und ihn quasi riechen konnte, verlor sich ihr Mut.

Wo ist er?

Nervös sah sie sich um. Ihr Herz raste noch schneller. Die Badezimmertür knarrte. Sofort blieb ihr die Luft weg. Nur mit einem kleinen Handtuch, das er notdürftig um seine kräftigen Hüften geschlungen hatte, kam er anzüglich grinsend aus dem Bad und trat aus dem Lichtkegel. Instinktiv ging sie einen Schritt zurück. Ihr Rücken berührte den Schreibtisch am Fenster.

»Du bist schnell«, hörte sie ihn. Sein Ton wirkte neutral. »Wie ich sehe, hast du dich beeilt. Das gefällt mir. Ich mag es nicht, wenn mich eine schöne Frau warten lässt.«

Ohne den Blick von ihr zu nehmen, ging er zum Tisch und öffnete eine Flasche Rotwein. Dann ertönte das klirrende Geräusch von aufeinandertreffendem Glas.

Es fiel ihr schwer, ihren Mund ernsthaft zum Wein zu führen. Nach einem Blick in seine funkelnden Pupillen fehlte ihr dafür die Ruhe. Mirko nahm ihr das Glas aus der Hand und stellte es ab.

»Gib mir deine Hand«, forderte er.

Seine Augen glühten förmlich. Eine riesige Gänsehaut zog ihr vom Nacken bis zum Hintern hinunter. Er erlaubte ihr keine Zweifel. Innerhalb von Sekunden verwandelte er sich vom charmanten Mediziner zu einem Bad Boy. Sicher war eine solche Situation nicht neu. Schließlich hatte sie diverse Beziehungen gehabt. Der Ausdruck seiner Mimik versprühte eine Intensität, die keinem Vergleich standhielt. Bebend streckte sie ihm die Hand entgegen. Nur mit Mühe gelang es ihr, ein Zittern vor ihm zu verbergen.

»Öffne sie!«

Jedes Wort so rau, dass ihr schwindlig wurde, erneut wechselten ihre Wangen die Farbe. »Fünf?«

Der Ton ihrer Stimme erstarb endgültig. Amüsiert betrachte er ihre zitternden Finger. Sein fixierender Blick wanderte zunächst auf die kleine Packung und huschte dann über ihr Gesicht. Schließlich blieb er an ihren aufgerissenen Augen hängen.

»Ich lege großen Wert darauf, dass alles seine Ordnung hat.«

Seine Silben wurden bestimmender und sprachen von Autorität. Dass sie seinen Auftritt als äußerst erregend empfand, war dummerweise nicht zu übersehen. Kurz kniff er die Augen zusammen. Er nickte zufrieden. Noch immer sagte sie nichts. Unfähig, sich seiner Anziehung zu erwehren, sah sie ihn noch immer verstört an.

»Was denkst du, werden die genügen für eine Nacht?«

Jetzt stockte ihr der Atem. So etwas hatte sie ihm nicht zugetraut und noch weniger damit gerechnet. Die Glut, die sie unvermittelt traf, versengte jeden weiteren Gedanken.

Die Kuppen seiner streichelnden Finger verbrannten ihr die Haut. Sein Mund strich über ihren Hals und war plötzlich an ihrem Ohr.

»Keine Sorge, dort, wo ich die herhabe, gibt es noch mehr. Wir werden zurechtkommen.« Erfahrene Hände stahlen sich unter ihr Shirt. »Für meinen Geschmack hast du zu viel an.«

»Warum ziehst du mich dann nicht aus?«

Bist du irre?, tobte die Stimme hinter ihrer Stirn. Der sonst gehässige Ton hatte sich in ihrer Lust verloren. Allerdings klang ihre Einladung nach Übermut und zeigte sich in einem Kribbeln unter ihrer Haut.

»Wie Sie wünschen«, raunte er zufrieden.

Er hob sie an und setzte sie auf den Tisch. Seine Hand strich an ihrem Oberschenkel entlang und schob sanft ihre Beine auseinander. Augenblicklich stellte er sich dazwischen. Dann zog er ihr das Oberteil über den Kopf.

Hilfe, was für ein Mann, war alles, was ihr noch in den Sinn kam.

Wann war sie schon mal so schnell nackt gewesen oder hatte ungeduldig darauf gewartet?

Ihr Blut rauschte in den Ohren, als er das Handtuch von der kräftigen Hüfte schob. Wenn auch das Licht etwas spärlich war, schlug ihr bei seinem Anblick das Herz bis zum Hals, was ihm nicht entging.

Faszination stand in seinen Augen. Er betrachtete sie ausgiebig. Seinem erwartungsvollen Blick folgten zunächst seine Finger. Anschließend erkundete seine Zunge spielend jeden Zentimeter ihrer Haut.

Sie keuchte und krallte sich an ihm fest, als ginge es um ihr Leben. Sie hatte bereits einiges erlebt, aber das war nichts im Vergleich zu ihm. Ungeduldig versuchte sie ihre Beine zusammen zu schieben, was er mit strengem Blick verhinderte.

»Geduld, solange ich noch klar denken kann, will ich deinen Körper erforschen.«

Ihr Stöhnen klang fremd in ihren Ohren.

Du sitzt breitbeinig auf einer Tischplatte, polterte ihr Gehirn.

Allmählich war sie überfordert mit dem, was er im Schilde führen könnte. Zugegeben, die Situation war heiß. Mirkos Anblick ging ihr direkt unter die Haut und das nicht zum ersten mal heute Abend. Ihre Augen folgten seinen Händen. Seine Finger waren lang und feingliedrig. Hervorragend geeignet für einen Chirurgen.

Was haben sie noch im Repertoire?, fragte sie sich plötzlich und schielte ihn verlegen an.

»Fragst du dich gerade, was du hier tust?«

Lisa lächelte. »Bin ich so leicht zu durchschauen?«

Er lachte. »Ich weiß nicht, ob ich dir das glauben soll. Ich beobachte dich schon ziemlich lange, Marie.«

»Ich heiße …«

Weiter kam sie nicht. Er zog sie heftig gegen seine harte Mitte. Erschrocken starrte sie ihn an. Das Lächeln wich von ihren Wangen. Ihr Gemüt kämpfte mit Ärger gegen die aufsteigende Neugier.

In seine dunkelbraunen Pupillen zog Wärme. »Du grübelst über die Zukunft.«

»Bist du sicher?«

»Durchaus.«

Sie spürte seine Hände, die sanfte Kreise über die Innenseiten ihrer Oberschenkel zeichneten. Ein Schauer lief ihr über den Rücken. Sie wurde das Gefühl nicht los, Mirko wog ab, ob er den Bad Boy ausleben oder den fürsorglichen Medizinmann hervorkramen sollte. Wenn sie ehrlich war, würde sie beide nehmen.

»Ich habe dich nie in Begleitung gesehen. Selbst dann nicht, wenn eine schwierige OP anstand. Du warst immer allein.«

Er ließ nicht locker, wobei seine Fingerkuppen nicht zu seinen Worten passten.

»Mirko, du weißt, wie ich aussehe. Meine Haut ist von zahlreichen Operationen vernarbt, entstellt. Kein Mann will …«

Sie verstummte, Tränen schummelten sich in ihren Blick. Er hob ihr Kinn an und zwang sie, ihm in die Augen zu sehen.

»Du irrst dich. Du bist eine sehr schöne Frau, Marie.«

»Wo?«, platzte sie heraus.

Er zog die Augenbrauen hoch. Seine Hand vergrub sich in ihrem Haar. »Lass mich überlegen«, sagte er rau und zog sich für Zentimeter zurück. »Himmelblaue Augen, die mich an den Sommer in Travnic erinnern. Schwarzes, glänzendes Haar mit einer perfekten Länge …« Sie kniff die Augen zusammen. »Ich mag es beim Sex Frisuren zu kreieren.«

Seine Stimme verlor sich in den Tiefen seiner Brust.

Oh, oh!, warnte die Stimme.

Doch Lisa bewegte sich schnurstracks in die Venusfalle, die dieses Raubtier aufgestellt hatte. Er fasste nach ihren Händen und zog sie näher heran. Dabei berührte er ihre Haut fast ehrfürchtig. Ihre Arme um seinen Hals zu legen, brauchte er nicht verlangen. Es geschah automatisch. Dann zog er sie vom Tisch und stellte sie auf den Boden. Mit einer Hand drehte er sie um.

»Hände auf den Tisch!«, befahl er, wobei sein Ton noch verführerischer klang.

Zart wie eine Feder, aber zugleich fordernd, fuhr er mit den Mittelfingern vom Nacken abwärts. »Samtweiche Haut«, zählte er weiter auf, während sie erneut protestierte. Mit Kraft packte er ihren Po. Sie schrie auf und wich nach vorn aus. Er schien sich nicht daran zu stören. »Die richtigen Proportionen. Was ich sehe, sind einen Meter siebzig atemberaubende Weiblichkeit, die es verdient hat, glücklich zu sein.«

Jetzt spürte sie ihn an ihrem Rücken. Seine Daumen hatten sich derweil nach unten gestohlen und kreisten über die sensiblen Stelle der Innenseite ihres Oberschenkels. Sie keuchte.

»Richtige Antwort«, lobte er zuckersüß.

Allmählich war sie überfordert mit der plötzlichen Metamorphose dieses Mannes, die sie so niemals erwartet hätte.

»Entspanne dich«, hörte sie ihn direkt an ihrem Ohr. »Ich sagte bereits, ich habe dich sehr lange beobachtet. Es hat mich immer mehr gereizt, die Frau, die sich hinter Lisa-Marie Plummer verbirgt, zu entdecken.«

Sie neigte etwas ihren Kopf, um ihn anzusehen. »Dich so zu erleben, wäre mir auch nicht in den Sinn gekommen.«

Sein Lachen wurde von ihrem Haar gedämpft. »In den Genuss meiner speziellen Leidenschaft kamen bisher nur wenige Frauen. Die Gründe hierfür sind vielfältig. Aber du …«

Jetzt drehte er sie um. Er ließ seine Finger sanft durch ihre Haarsträhnen gleiten. Betont langsam fuhr er über jede ihrer Narben. Lisa zuckte.

»Ganz ruhig. Du bist bezaubernd und zugleich geheimnisvoll«, sagte er, bevor seine Lippen ihre Ohrmuschel streiften.

Wie automatisiert folgte sie seinem Beispiel. Sein Haar war kurz, beinahe schwarz und kräftig.

»Mach weiter«, hauchte er und zog ihren Kopf ein wenig nach hinten, damit er ihren Hals küssen konnte. Mutig schickte sie ihre Hände seinen Rücken hinunter. Jeder seiner Muskelstränge spannte sich an. Dann verlor sich ihre Hand unterhalb seines Bauches.

»Du bist wirklich eine Frau, die mich überraschen kann. Nur zu, hole dir, wonach du dich sehnst.«

In seinen Augen stand ein herausforderndes Lächeln. Es gefiel ihr, dass er sie nicht aufhielt. Obwohl er den Eindruck machte, er würde die Führung nicht an sie abgeben wollen. Ein Knurren entfloh ihm, als sie ihn in den Hintern kniff. Er presste sie an seine Brust. Die Hitze in ihr verstärkte sich.

»Das wird eine anstrengende Nacht.« Sie schluckte trocken. Mirko nahm sie bei der Hand. »Ich werde mir viel Zeit lassen. Wirst du mir folgen?«

Misstrauisch beobachtete sie ihn. »Eigentlich will ich mich nur ungern auf Neues einlassen«, gestand sie.

Er nickte. »Das dachte ich mir. Wir werden sehen, ob es mir gelingt, dich zu überzeugen, deine Haut wieder lieben zu lernen.«

Langsam schob er sie zum Bett und verlangte, dass sie sich auf den Bauch legte. Ohne zu zögern reagierte sie, während ihr Puls tobte. Sie atmete flach. Seit Jahren vertraute sie dem Arzt Klepic. Konnte sie dem Mann Mirko ebenso trauen?

Er hatte schnell begriffen, weshalb sie nur flüchtige Beziehungen zuließ. Darüber musste sie nicht spekulieren. Mit jeder Narbe wurden ihre Zweifel über ihre Attraktivität und Weiblichkeit größer. Dass ein Mann genau diese Narben für begehrenswert hielt, war zu schön, als dass sie es glaubte. Sie spürte seine Lippen auf jedem Wulst, der sich entlang ihrer Gelenke schlängelte. Seine Zunge bedachte jede Unebenheit mit einer extra Behandlung. Sie hob den Kopf.

»Schließe die Augen. Keine Sorge, die andere Seite werde ich nicht vergessen.«

Oh, mein Gott, was wird das?, dachte sie, da spürte sie seinen Atem über ihrer rechten Hüfte.

Eine gefühlte Ewigkeit später drehte er sie auf den Rücken. Inzwischen war sie dankbar für das schummrige Licht. Es ließ ihr die Hoffnung, die Unzulänglichkeiten ihres Körpers verbergen zu können.

Auch für ihre Vorderseite nahm er sich viel Zeit, wobei seine Berührungen intensiver wurden. Wie einer Landkarte folgend, fanden seine sensiblen Finger jede Narbe und massierten sie.

»Ich kenne sie alle, Marie. Schon vergessen?«

»Aber ich ...«

Sein Mund beendete ihren Satz. Sein Zeigefinger strich über ihre Wange. »Dr. Mirko Klepic kennt das Nahtgeflecht der Patientin Lisa. Gerade deshalb wird der Mann Mirko diese und den aufregenden Duft seiner Eroberung Marie auskosten. Was morgen sein wird, ist zweitrangig. Ich möchte von dir kein weiteres Wort hören. Vielleicht sollte ich dich warnen? Widerspruch dulde ich nicht, zumindest nicht im Bett. Es hat immer eine Ahndung zur Folge.«

Sie hing an diesen Augen, die sich so schnell verdunkelten, dass sie kaum noch atmen konnte. Unbeeindruckt nahm er seine Erkundungstour wieder auf. Er wechselte zwischen den einzelnen Narben, veränderte den Druck, wich auf die glatten Stellen ihrer Haut aus. Die waren im Augenblick derart sensibel, dass ihr ein Keuchen entwich. Das dunkle Grinsen in Mirkos Gesicht bestätigte seine Zufriedenheit. Außer einem heftigen Stöhnen hatte sie tatsächlich keine Worte mehr auf den Lippen.

»Jetzt sprechen wir dieselbe Sprache«, knurrte er.

Mit quälender Langsamkeit wanderten seine Hände über ihren Körper. Erneut ein heftiger Ton, der ihn innehalten ließ.

»Bist du so ungeduldig?«

»Ist das nicht erlaubt?«

Mirko lachte dunkel und zog seine Hand am Bauchnabel vorbei direkt zwischen ihre Beine. Ohne sie aus dem Blick zu lassen, schob er sich etwas nach unten. Seine Zunge folgte den Fingern und so näherte er sich zügig ihrer Mitte. Schon spürte sie, wie sich ihr Körper versteifte.

»Aha, Neuland«, nuschelte er zwischen Saugen und Züngeln an ihren inneren Lippen.

Offenbar war das keine Frage, einfach eine Feststellung. Mit jeder neuen OP kam ein neues Feuermal, wie sie es nannte, hinzu. Das hatte über die Jahre dazu geführt, dass sie stets dafür sorgte, einem Liebhaber keine Zeit zu intensiverer Betrachtung zu geben. So entstand ihre Neigung auf heftigen, ausgiebigen Sex beinahe automatisch. Irgendwann wurde ihr die eigene Hemmungslosigkeit unangenehm. Dass Mirko einen völlig anderen Weg wählte, nahm ihr nun die Sicherheit.

Dennoch pochte ihr Schoß vor Verlangen. Es erlaubte ihr, in seinen Haaren Halt zu finden. Allmählich schien ihr Körper in Flammen zu stehen. Mit lautem Stöhnen gab sie dem Flehen ihrer Gier nach und presste sich gegen seine spielende Zunge. Ihr Denken war längst weit unterhalb der Taille versunken. Eine Tatsache, die der Mann am Bettende zu nutzen wusste. Das Beben, das über sie hinwegschwappte, nahm er mit einem triumphierenden Grinsen zur Kenntnis.

»Geht doch, Marie«, säuselte er. »Bereit für die nächste Runde?« Dass sie bei ihrem Zweitnamen die Augen rollte, war ihm nicht entgangen, er kommentierte es mit einem ernsten Nicken. »Dazu später«, hauchte er und schob sich über sie.

Er thronte kniend über ihr, öffnete mit den Zähnen die Verpackung und rollte das Kondom auf. Unvermittelt zog er ihre Beine über seine Oberschenkel. Jetzt war es an ihr zu knurren.

»Ich vermute, heftiger Sex ist eine deiner Vorlieben«, bemerkte er beiläufig, während er sich vollständig in sie schob.

Schnell war die Luft erfüllt vom Keuchen und Klatschen auf nasser Haut. Zunächst gab er ihr, was sie brauchte, spürte, wie sehr sie nach Härte flehte, um loslassen zu können. Doch dann verharrte er, beugte sich über sie und verlangte nach ihrer Aufmerksamkeit. Er packte sie im Nacken und sah sie eindringlich an.

»Ich habe dich gewarnt, du erinnerst dich, du hast mir widersprochen? Darauf wird eine Strafe folgen.«

Während er sich aus ihr zurückzog, entstand in ihrem Kopf plötzlich die Frage: Woher nahm er auf einmal den beinahe akzentfreien Wortschatz?

»Wir werden noch einmal von vorn beginnen und du wirst es für mich aushalten. Umdrehen, auf den Bauch!«

Der klare Befehl hätte sie stören müssen, tat es aber nicht. Ganz im Gegenteil, augenblicklich drehte sie sich um. Sie spürte ihn auf ihren Oberschenkeln, wobei er sich bemühte, sein Gewicht mit seinen Knien abzufangen. Seine Nase strich über die Haut ihres Rückens, entlang ihrer Schultergelenke. Hier waren die Narben am unangenehmsten. Sie seufzte.

»Jeden Zentimeter dieses heißen Körpers werde ich mit meinen Fingern und der Zunge erobern.«

Er massierte mit seiner Härte bereits die empfindlichste Stelle ihres Pos, da bemühte sich ihr vernebeltes Gehirn noch, den Sinn seiner Ankündigung zu begreifen.

»Schön, dass ich mich nicht getäuscht habe. Unter deinen Narben verbirgt sich ein heiße Leidenschaft, die ich hervorlocken werde.«

Abermals strich er über ihren Hintern. Jedes seiner Worte kam in ihrem Innersten an. Sie hinzuhalten, darin war Mirko sehr geschickt. Die Sehnsucht nach ihm wurde stärker, je sanfter er vorging. Ohne wirklich einen Einfluss darauf zu haben, streckte sie ihm ihren Hintern entgegen.

»Geduld, heiße Lady. Erst einmal werde ich dich in den Wahnsinn treiben. Es wird dir helfen, zukünftig meinen Anweisungen zu folgen.«

Seine Finger schummelten sich unter ihren Bauch, erwischten ihre Brustwarzen, rhythmisch strich er darüber. Er zog das Spiel in die Länge. Irgendwann vergaß sie ihre Sorgen und ließ alles zu.

Wann die Zärtlichkeit der vorherigen Kraft wich, konnte sie nicht beurteilen. Seine Muskeln spannten sich praktisch gleichzeitig an, als er sich erneut in ihr vergrub. Augenblicklich explodierte sie. Es dauerte nur kurz und sie hörte ihn aufstöhnen. Dann bedeckte er heftig atmend ihren Körper.

»Gut gemacht, kleine Lady. Wir passen hervorragend zusammen.«

Lisa nickte stumm. Sie war nicht in der Lage zu antworten. Sanft zog er sich zurück, entsorgte das Kondom und holte sie in seinen Arm. Sie wusste nicht wirklich, was gerade passiert war. Dabei war sie nur dem Verlangen gefolgt und hatte sich nach sexueller Erfüllung gesehnt.

Waren es die Umstände? Noch nie war sie bereit gewesen, einem Mann ihren Körper zu überlassen. Oder war es eben nur Mirko, den sie schon viel zu lange begehrte? Zu erschöpft, um Antworten zu finden, schloss sie die Augen. Nur Sekunden und ihr erwachendes Gewissen verlangte von ihr, sich aus seinem Arm zu befreien.

»Nichts da, heute Nacht bleibst du in meinem Bett. Vielleicht brauchst du noch etwas mehr Übung.«

Müdigkeit übermannte sie und bewahrte sie davor zu protestieren. Sie spürte, wie sie die Decke einhüllte. Bevor sie sich dem Schlaf ergab, kuschelte sie sich doch an ihn.

Kapitel 6

Leise flüsterte ihr Mirko etwas ins Ohr, von dem ihr erwachender Geist so gut wie nichts mitbekam. Am Horizont zeigte sich bereits der beginnende Sonnenaufgang. Jedoch einmal erwacht, fühlte sie sich berauscht von den Ereignissen der vergangenen Nacht. Erwartungsvoll suchte sie seinen Blick.

»Guten Morgen, kleine Lady. Ich beobachte dich schon eine Weile. Die Sonne ist längst aufgegangen. Du bist, wie sagt man: ein Morgenwild.«

»Morgenmuffel heißt das.« Ihr Kichern ignorierte er. »Ja, bin ich. Gewöhnlich dauert es etwas, bis ich wach bin.«

Er drehte den Kopf. »Fünf Uhr«, erklärte er mit unbewegter Miene. »Die Nacht ist vorbei.«

Gähnend schüttelte sie den Kopf. »Mehr als drei oder vier Stunden haben wir nicht geschlafen.«

»Erstaunlich, wie strahlend du dafür aussiehst«, meinte er grinsend, wobei er sie sanft küsste. »Was machst du denn sonst nachts, wenn du morgens noch so müde bist? Medizinisch gesehen ist die Nacht zum Schlafen bestens geeinget.«

»So«, protestierte sie, sah ihm in die kastanienbraunen

Augen und rutschte näher an seine Brust. »Vor Stunden warst du an Schlaf nicht wirklich interessiert.«

»Eigentlich bin ich das noch immer nicht.«

Zum Beweis schob er seine steife Mitte gegen ihren Oberschenkel. Dabei verzog er keine Miene. Er griff unters Kissen und zog ein weiteres Kondom hervor. Sie beobachtete ihn. Die Selbstverständlichkeit, mit der er sich ihr näherte, hatte einen ähnlichen Effekt, wie die ernst gemeinten Befehle. Sie schickten ihr gesamtes Blut spontan in den Unterleib.

Verdammt, wie macht der Typ das? Noch vor Sekunden hätte ich mich strikt geweigert. Meine Muskeln sind einigermaßen erledigt. Doch jetzt?

Sie bereute nichts. Zunächst legte er es auf dem Bettsims ab, was sie mit einem Augenbrauen hochziehen kommentierte. Vielleicht wollte er bewusst ablenken.

Dieser Mann ist echt schräg, dachte sie. Er hat heute einen anstrengenden Kongresstag vor sich. Statt sich auf den vorzubereiten tut er, als hätte er alle Zeit der Welt.

»Beginnst du den Tag immer so sorglos?«, wollte sie wissen.

Er stützte sich auf den Ellenbogen, streichelte sanft ihr Gesicht und wurde dann ernst. »Ja. Solange ich denken kann, sind meine Nächte kurz. Ich bin kein Freund des Schlafes. Bei uns sagt man: gib dem kleinen Bruder des Todes nicht zu viel deiner Lebenszeit.«

Lisa grinste. »Den Satz kenne ich auch. Gewöhnlich hatte den meine Großmutter auf den Lippen. Im Grunde war es auf dem Land notwendig, mit den Hühnern aufzustehen. Nur klingt deine Variante eleganter.«

Für einen Moment wich der ernste Ausdruck in seinen Augen. Sein Zeigefinger zog ihre Gesichtskonturen nach. Dabei erhöhte sich ihr Puls. Noch wirkte er abwesend.

»Ein bisschen stimmt es schon. Ich habe mir angewöhnt, den Tag vollständig zu nutzen. Die letzte Zeit hat mich gelehrt, Freude und Glück festzuhalten ohne daran zu denken, was der nächste Tag bringt. Eine Nebenwirkung von Konflikten und dem Ergebnis, wenn einem die Zukunft abhandengekommen ist.«

Mirko seufzte. Vielleicht glaubte er die Stimmung zu verderben. Da irrte er. Sie verstand ihn.

»Ich weiß, was du meinst. Mir geht es ähnlich«, murmelte sie. »Natürlich nicht unter denselben Umständen. Aber wer weiß denn schon, wie meine Zukunft aussieht?«

Sie schluckte. Die Trauer in ihrer Stimme zu überspielen, gelang ihr nicht. Er beugte sich über sie, nahm das Haar von ihrem Gesicht und fixierte ihren Blick.

»Ich bin anderer Meinung. Du solltest dir nicht so viele Gedanken machen. Bis jetzt deutet nichts darauf hin, dass sich dein Zustand verschlechtert. Du bist seit einem Jahr stabil. Trotzdem erklärt es mir einiges.«

Dem Gefühl, dieses Gespräch wandert in eine völlig falsche Richtung, musste sie nachgeben.

»Erzähl mir etwas von deiner Heimat. Dem Ort, wo du geboren bist.«

Es war offensichtlich, wie schnell er sie ertappte. »Hm, lenkst du von dir ab?« Die tiefe Röte, die ihre Wangen abrupt verfärbte, war ihm Antwort genug. »Okay, dann widmen wir uns deinem Problem später. Es berührt mich, dass dein Interesse nicht gespielt ist.«

Sie musste das Thema wechseln. Außerdem kannte er ihre Situation. Viel unberechenbarer war hingegen seine Lage. Die wollte sie unbedingt begreifen.

Versuchst du ihn festzuhalten?, fragte die Nervensäge in ihrem Kopf. Jetzt brauchst du dich auch nicht einmischen, verwies sie ihr Hirn auf die Ersatzbank.

»Möchtest du das wirklich wissen?«, holte sie Mirko aus ihrem geistigen Machtkampf.

»Na ja, ich möchte den wirklichen Mirko Klepic kennenlernen, will wissen, wo er herkommt, wie ihn seine Vergangenheit geprägt hat.«

»Schwierig«, sagte er knapp. Sie runzelte die Stirn. »Vielleicht bin ich nicht der, den du erwartest.«

Lisa rang nach Luft. Den Wandel zwischen Engel und Teufel hatte er sie bereits spüren lassen. »Habe ich bemerkt.«

»Das darfst du als einen Test betrachten. Eine Frau wie dich habe ich noch nie getroffen. Du hast schon bei unserem ersten Termin einen gewissen Eindruck geweckt. Im Laufe der Zeit dachte ich, den habe ich mir nur gewünscht. Der Hinweis, dass es bisher in meinem Leben nur wenige Frauen gab, die den wahren Mirko, wie du es formulierst, erleben durften, war nicht grundlos. Allerdings haben wir hier die völlig falschen Grundlagen, um diesen Aspekt zu vertiefen. Wenigstens solltest du eine Ahnung bekommen. Ganz gleich, was du dir vorgestellt hast, ich bin tatsächlich nicht aus Holz.«

Nein, das bist du ganz sicher nicht, erinnerte sie sich mit einem kribbelnden Gefühl auf der Haut. Aber ein Typ mit einem dunklen Geheimnis, warnte Miss Nervig. Ein klitzeklein Wenig war sie ihrer Meinung.

»Eine lange Bindung habe ich bis heute abgelehnt. Ich werde zurückgehen, wann immer das auch ist. Aber, das sagte ich bereits und ist nur die halbe Wahrheit. Eine Frau, die mit mir die Zukunft teilen wird, muss auch meine Vorlieben teilen.«

»Ach«, brummte sie. »Also Bad Boys sind mir durchaus nicht fremd.«

Den Ärger in ihrer Stimme nahm er zum Anlass, herzhaft zu lachen. »War schwer, das nicht zu merken. Allerdings bin ich sicher, die Ursache hierfür ist der Krieg, den du mit deiner Haut führst. Keineswegs ein inneres Verlangen, das du ausleben musst. Natürlich kann es in dir stecken. Das werden wir herausfinden.« Sie schnappte nach Luft. »Keine Sorge, mein Spiel kann jederzeit auf deine speziellen Bedingungen angepasst werden. Lass dich überraschen. Aber bevor du deiner Neugier verfällst, zeige ich dir meine Heimat.«

Sie betrachtete ihn und versuchte zu ergründen, was in ihm vorging. »Genau, die interessiert mich, das war keine Ausrede.«

Erneut nickte er und küsste sie. Dann streckte er den Arm aus und angelte seine Hose vom Stuhl, entnahm ihr eine Hülle, in der einige Fotos steckten. Er richtete beide Kissen und zog sie an seine Seite. Sie schielte zu ihm und erschauerte leicht.

Das erste Foto zeigte einen leicht begradigten Flusslauf. Im Hintergrund schroffe, steile Felsen, rechts und links vom Kanal - dicht an dicht - kleine Häuschen. Etwas unordentlich, jedoch bezaubernd schön. Das spärliche Grün umrankte den Uferbereich des Flusses. Jedes Haus strahlend weiß getüncht und mit roten Ziegeln gedeckt.

»Das zum Beispiel ist der Fluss Lasva. Er schlängelt sich durch das gesamte Tal bis nach Travnik. Erinnert dich dieses

Blau an etwas?«, fragte er schmunzelnd. Sie schaute auf das Bild und spürte erneut den Farbwechsel auf ihren Wangen. »Das Tal ...«, erklärte er, noch immer grinsend, »... erstreckt sich zwischen zwei Gebirgszügen, Vlasic und Kranica.«

Das nächste Foto, das er aus der Hülle zog, zeigte eine weite grüne Wiese mit ein paar Laubbäumen. Das angrenzende Flussbett wurde hier nicht begradigt. Das Wasser schlängelte sich natürlich und wild durchs Tal. Auch hier ragten im Hintergrund die unebenen, kahlen Felsen in den Himmel.

»Wunderschön, gefällt mir«, flüsterte sie.

»Dort habe ich praktisch meine gesamte Kindheit und Jugend verbracht. Die Erinnerung allein genügt mir nicht. Ohne die hier, gehe ich nicht aus dem Haus. Vielleicht sind sie irgendwann stumme Zeugen. Wer weiß, wie viel der Krieg zerstören wird.«

Die Unsicherheit setzte ihm sichtlich zu.

»Tut mir wirklich leid«, seufzte sie. »Dabei musst du täglich funktionieren. Wie schaffst du das?«

»Ist nicht einfach. Ich bin nicht allein, meine Kollegen unterstützen mich, sie sind immer für mich da. Du kannst dir nachher selbst ein Bild machen.«

»Nachher?«

Ein paar Mal musste sie schlucken. Mirko schmunzelte. »Wir frühstücken alle gemeinsam. Da stelle ich dich vor.«

»Wer legt das fest?«

»Der Mediziner, der Andere hat dann bereits seinen ersten morgendlichen Leckerbissen verspeist.«

Seine Miene tauchte ab in einen dunklen Schatten. Die Reise in seine Heimat schien beendet. Langsam rutschte er nach unten und nahm sie mit. Er beugte sich zur Seite und schaute zur Uhr. »Doch schon so spät. Dann müssen wir unsere Aktionen bündeln.«

Ohne auf ihren aufklappenden Mund zu reagieren, half er ihr vom Bett, nahm ihre Hand und zog sie hinter sich her. Auf halbem Weg kehrte er um, angelte nach den übrigen Kondomen und grinste derart unverschämt, dass sie wortlos im Türrahmen verharrte.

Für einen kurzen Moment dachte sie an einen Rückzieher. Das Bad war hell erleuchtet. Eine Herausforderung gegenüber dem gedämpften Mondlicht der Nacht.

Ich bin erwachsen, beschloss sie, eine schöne Frau hat er gesagt. Sicher war ihr Mut nichts weiter als Trotz. In den Fängen ihrer Selbstzweifel wollte sie auf keinen Fall landen, nicht an diesem Morgen.

»Es wird Zeit, deinen Körper zu verwöhnen und seine Bedürfnisse zu stillen«, kündigte er an. Außer einem Funkeln in den Augen wirkte er völlig gelassen.

Die Röte auf ihrem Gesicht ersparte ihm die Frage, ob sie verstand. Er wusste ohnehin, was in ihr vorging. Sekunden später befand sie sich an der Wand der Dusche. Heiße Küsse bedeckten ihre mit Gänsehaut überzogene Haut. Sinnliche Fingerspitzen verteilten Duschgel an jede Stelle, die sie so erreichen konnten. Wasser vermischte sich mit dem fruchtigen Aroma der Lotion.

Spontan wurde ihr bewusst, Mirko war derart geschickt, dass er nicht lange brauchte, um jede Öffnung ihres Körpers mit gleicher Intensität zu behandeln. Es hatte etwas von jugendlichem Übermut. Dabei war sie sicher, er benötige nur Augenblicke, um für sie zur atemberaubenden Versuchung zu werden.

Unentwegt glitten seine Finger über ihre sensibelsten Stellen, sie wurden praktisch in Schaum getaucht. »Zeig mir noch einmal, wie wild du sein kannst.«

Die Aufforderung passte zur Steigerung seiner Liebkosungen. Sie waren heftiger als in der Nacht. Er packte ihre Handgelenke und presste sie gegen die Wand.

»Sorry, kleine Lady. Wir haben wohl zu lange geplaudert. Deshalb werde ich improvisieren.«

Das diabolische Grinsen, das seine Worte begleitete, musste sie nicht sehen. Furcht war ihr jedoch fremd. Sie hatte kein Problem damit, solange er sich nicht für ihre verunstalteten Hautpartien interessierte. Hemmungen beim Sex kannte sie ohnehin nicht.

»Wenn du mich nicht erneut inspizieren willst, darfst du gern machen, was immer dir gerade einfällt. Ich bin mal gespannt ...«

Weiter kam sie nicht. Sie spürte seine Zähne im Nacken. Sein Schwanz schob sich direkt zwischen ihre Schenkel, während sein rauchiger Atem ihr förmlich unter die Haut kroch. Jetzt ahnte sie, dass sie zu hoch gepokert hatte. Das Klatschen auf ihrem Hintern und das schmutzige Lachen sprachen Bände. Zu spät zum Denken, sie war bereit sich auszuliefern.

»Beine auseinander!« Sofort folgte sie dem leisen Befehl. »Breiter, du kannst das besser.«

Er presste sie gegen die Wand, drückte ihre Brustwarzen an die Fliesen, die aufrecht stehend schmerzten, als sie sich empfindlich über die Keramik schoben. Ein Wimmern entwich ihr, worauf er seine Intensität weiter erhöhte.

Dann spürte sie ihn an ihrem Rücken entlang nach unten gleiten, langsam, eine Hand noch immer fixierend zwischen ihrem Schulterblatt. Sie biss sich auf die Lippe, zuckte wild, so gut es ihre Position erlaubte. Anschließend legte er eine Hand zwischen ihre Pobacken, mit Zeigefinger und Daumen öffnete er sie leicht. Ohne zu zögern, glitt er in sie.

»Keine Bewegung! Verstanden?«

Ihre Knie gaben nach. Ein fester Händedruck auf ihrem Hintern war die Folge. Automatisch straffte sie ihre Schultern.

»Lass es zu. Dein Körper zeigt mir den Weg. Er weiß genau, was ihm gut tut. Mach mich scharf, kleine Lady. Es liegt an dir, wie hart ich werde.«

Es waren die verruchten Worte, die sie alle Sorgen vergessen ließen. Sie keuchte und streckte ihm ihren Hintern entgegen. Jegliche Vernunft war der brennenden Lust gewichen. Sie spürte knabbernde Lippen, die sich sanft über ihre Narben hinweg, ihre Wirbelsäule hinauf bewegten, seine Arme umfassten sie und neigten sie in Richtung Armatur.

»Festhalten! Hast du verstanden? Auf keinen Fall wirst du loslassen. Ich kann dir nur raten, zu gehorchen. Sonst verbringen wir den gesamten Tag hier.«

Für die Konsequenz seiner Drohung fehlten ihr die Nerven. Die waren aufs Äußerste angespannt, beschäftigt damit, ihre Erregung zu kanalisieren und irgendwie den verordneten Halt zu sichern. Ihr Blut sammelte sich in ihrer Mitte, als er beide Hände an ihre Hüften schob. Er richtete sie aus.

Hilfe!, durchzog sie der Aufschrei ihres Hirns.

Dabei war sie versucht, ihn anzutreiben. Gut, dass es gelang, sich das zu verkneifen. Der Strafe hierfür wollte sie sich keinesfalls aussetzen. Dass damit zu rechnen war, verstand sich von selbst. Mit keinem Wort, keiner Geste, hätte sie einen Zweifel begründen können.

Wie ein Timo Carson reagieren würde, verpasste sie bereits den ersten Seminartag, wollte sie sich noch weniger vorstellen.

Himmel, Lisa, tobte es in ihr. Für so etwas hast du überhaupt keine Zeit.

»Gut so«, lobte er und ließ ihr keine Sekunde zum Überlegen.

Es drängte sie, ihn endlich zu spüren. Doch er lachte nur dunkel. Nun bewegte er sich schneller, einen Arm noch immer fest um ihre Taille gespannt. Sie hörte ihn stöhnen und das Reißen von Plastik. Die Verpackung fiel nach unten und schwamm im Schaum. Er presste sich enger an sie.

»Becken hoch!«

Ein letzter Befehl, ob sie den wahrnahm, war ihm vermutlich gleich.

Sein kräftiger und abrupter Vorstoß erinnerte sie an die Warnung. Mit aller Kraft klammerte sie sich am rutschigen Armaturbogen fest. Schneller und härter schob er sein Becken gegen ihres, füllte sie tiefer aus, als sie beinahe aufnehmen konnte. Jede Berührung war ein Klatschen auf klitschnasser Haut. Sie spürte ihre Hände nicht mehr. Aus ihrem tiefsten Innern erhob sich Verlangen und eine Leidenschaft, wie sie Lisa noch nie erlebt hatte. Wie ferngesteuert krallte sich jeder ihrer Armmuskeln an der ovalen Duschhalterung fest. Sie würde um keinen Preis loslassen.

Mit einem wilden Aufschrei stieß er zu. Zurückhaltung war ausgeschlossen, sie fühlte seine Hand, die ihre Hüfte verließ, um ihre Vulva zu massieren. Sein Atem klang nach dem Grollen eines Tigers. Das Aufbäumen ihres Körpers federte er mit seinem Schwanz ab, hielt für sie inne, damit sie sich dem Sturm ihres Orgasmus hingeben konnte.

»Halte noch ein bisschen durch«, keuchte er stoßweise. Sie zitterte, ließ jedoch nicht los. »Du bist wie für mich geschaffen, Marie.«

Knurrend versenkte er sich ein weiteres Mal in ihr. Dann hörte sie seinen Schrei. Erneut raste ein Schauer über sie hinweg. Wie ein nasser Schwamm hing sie in seinem Arm. Einzig ihre schneeweißen Finger wollten sich nicht vom Duschhalter lösen. Sanft zog er sich aus ihr zurück, ließ das Kondom zwischen seine Finger gleiten. Dann strich er über ihre Hände.

»Gib sie mir.«

Seine Stimme klang wie in Watte gesprochen, liebevoll vertraut, zärtlich. Vorsichtig nahm er jeden Finger einzeln von der Armatur. In seinen Pranken wirkten ihre wie Kinderhände. Dann drehte er sie in seine Arme, angelte nach einem Handtuch, wickelte sie sorgsam ein und trug sie zum Bett. Ohne sie loszulassen, legte er sich zu ihr. Langsam entspannte sich jeder Muskel, von dem sie bis heute Morgen geschworen hätte, ihn nicht zu besitzen.

Erschrocken versuchte sie sich aufzurichten. Nicht nur, dass das Vorhaben an einer immensen Schwäche scheiterte, hörte sie ihn lachen. Fassungslos drehte sie ihren Kopf. Auf Mirkos Gesicht thronte ein triumphierendes Grienen.

»Wo willst du hin? Es ist mitten in der Nacht.«

»Was? Du hast gesagt, wir müssen uns beeilen.«

»Sicher, ich war einfach scharf auf dich. Nur keine Eile Kleines. Aber ja, du hast meiner Einschätzung recht gegeben. Wir waren wirklich schnell. Alle Achtung. Du bist eine sehr besondere Frau, Lisa-Marie Plummer.«

»Aber, das Frühstück, das Seminar …«

»Schlaf noch etwas. Wir haben noch anderthalb Stunden Zeit. Meine Jungs kümmern sich um das Frühstück. Sie werden geduldig auf uns warten. Vertraue mir. Ich sorge dafür, dass du dich pünktlich neun Uhr dem Studium der Archivierung widmen kannst.«

Obwohl sie ihre Augen kaum noch offenhalten konnte, starrte sie ihn an. »Wie kann das sein? Vorhin hast du gesagt, es ist bereits …«

Der Rest ihrer Worte verschwand unter dem großen Arm, der sich schützend um ihre Schulter legte, sie zu sich zog und die Decke über ihrem Körper ausbreitete.

»Vielleicht geht meine Uhr vor, kleine Lady?«

Das zauberhafte Lächeln, das seine sinnlichen Lippen umspielte, war alles was sie jetzt brauchte.

Kapitel 7

»Hier ist ja was los. Vielleicht hätten wir doch früher kommen sollen?«

Außer mit einem schiefen Grinsen reagierte Mirko nicht. Sein Blick schweifte suchend über die Tischreihen. Als sie die Frühstückszone des Hotels betraten, herrschte ein ziemlicher Trubel. Alle Seminare begannen zwischen acht und neun Uhr.

Vor einer halben Stunde hatte er sie sanft aus dem Schlaf geküsst. Der Gedanke an seine sinnliche Begabung trieb ihren Puls in die Höhe.

Dann fand er offenbar wonach er suchte. Er griff nach ihrer Hand und setzte sich in Bewegung. Gemeinsam schlängelten sie sich vorbei an unzähligen Leuten, die mit übervollen Tabletts den Weg versperrten.

Was manche Leute morgens so vertilgen können, ist erstaunlich. Ein Schwarm Heuschrecken auf einem frischen Getreidefeld hielt hier einem Vergleich durchaus stand. Über den Einwurf ihrer inneren Stimme musste sie schmunzeln.

Wenig später standen sie an einem Sechser-Tisch, an dem vier Männer saßen und ein ziemlich üppiges Frühstück vertilgten. Nebenbei riss gerade einer von ihnen einen Witz, über den sich seine Tischgenossen vor Lachen bogen.

»An diesem Tisch gibt es zum Frühstück die gute Laune gratis«, erklärte Mirko lächelnd. »Siehst du, wir werden erwartet.«

»Aber woher wissen die anderen, dass du nicht allein kommst?«

Der heftige Ton, der sich über ihre Lippen schummelte, beantwortete er mit einem warnenden Blick. Für Sekunden zog er sie näher, fixierte ihr Gesicht und raunte:

»Sobald wir uns dem Tisch nähern, werde ich nur noch Dr. Mirko Klepic sein. Und …«, er hob seinen Zeigefinger, »… du tust nichts weiter, als zu beobachten. Erklärungen folgen später. Hast du mich verstanden?«

»Himmel, Mirko, ich bin doch kein kleines Kind. Was soll das?«

Seine Hand beantwortete ihre Frage. Nur dem Umstand, dass der Frühstücksbereich brechend voll war, verdankten sie, nicht ertappt zu werden, wie er heftig seine Hand in ihrer Pobacke vergrub. Empört zog sie die Luft ein. Instinktiv versuchte sie, ihre Hand aus seiner Pranke zu befreien. Keine Chance. Zwei Meter bis zum Tisch, es blieben ihr nur Sekunden zu entscheiden, wie sie auf die Szene reagieren wollte.

»Mirko!«, rief jemand.

Offenbar hatte einer von ihnen die beiden Slalomläufer von der Ferne schon lange bemerkt und entsprechend neugierig beobachtet. Mit einem sehr anzüglichen Grinsen, das sein gesamtes Gesicht einnahm, fragte er: »Na Mirko, schöne Nacht gehabt?«

Mirko lächelte. Lisa stockte der Atem. Weder der dunkle Touch seiner Ausstrahlung, noch die perfekte Aussprache waren an ihm zu erkennen. Stattdessen sprudelte der verlorengegangene Akzent fröhlich aus ihm heraus. War dies derselbe Mann, den sie eine Nacht lang in einem Rausch voller Lust und Verlangen erlebt hatte?

»Du weißt, deine Einwürfe kann ich nicht immer verstehen. So, wie ich dich kenne, war es wie immer eine anzügliche Frechheit«, antwortete Mirko und schielte nach der Frau an seiner Hand. »Aber ja, es war eine sehr schöne Nacht.«

Lisa spürte die Hitze, die sich in ihrem Gesicht stetig steigerte. Ihr war klar, sie befand sich unter Medizinern, da musste sie auf Scherze dieser Art gefasst sein. Nicht ohne Grund sagt man, Ärzte treiben die schlimmsten Späße und kennen die schmutzigsten Witze.

Wenn die wüssten, dachte sie und klammerte sich nervös an Mirkos Hand. Für ihn schien die Situation keineswegs unerwartet zu sein. Seit sie den Raum betraten, wirkte er, als verfolgte er einen Plan. Sie ahnte, seine strikte Warnung hatte er nicht grundlos so präzise formuliert.

Sie setzten sich auf die zwei freien Plätze. Es war offensichtlich, dass die anderen warteten. Wenn auch auf allen Gesichtern ein Grinsen stand, fühlte sie keinerlei Argwohn oder Spott. Was sie sah, war ehrliche Begeisterung. Eine Situation, die sie völlig verwirrte.

»Das ist Lisa-Marie, eine Freundin von mir. Ich habe sie hier zufällig wiedergetroffen. Und ehe ihr vor Neugier platzt, ja, sie gehört zu mir.«

Seine Worte strotzten vor Stolz. Nichts deutete darauf hin, dass Mirko ein Spiel spielte. Eher holte sie das Gefühl ein, er musste gute Gründe haben, sein Privatleben strikt vor allen anderen zu schützen. Ein Stich ins Herz war die Folge dieser Erkenntnis.

»In den Genuss meiner speziellen Leidenschaften kamen bisher nur sehr wenige Frauen«, waren seine Worte.

Bin ich für ihn wirklich etwas Besonderes? Augenblicklich wurde es ihr noch wärmer. Nur dieses Mal aus einem anderen Grund.

Der Possenreißer fand zuerst seine Stimme wieder. »Freut mich, Sie kennenzulernen, Lisa-Marie. Mein Name ist Beutholomäus, aber alle nennen mich nur den frechen Beutel. Sie verstehen?«

Wieder fingen die anderen an zu prusten. An einem ungestörten Frühstück hatte an diesem Tisch offensichtlich niemand ein wirkliches Interesse oder auch nur eine Chance.

Nach und nach stellten sich die Übrigen am Tisch vor. Jeder, auf dieselbe förmliche Art. »Was machen Sie hier?«, wollte der Nachbar von Beutel wissen.

»Ich besuche hier ein Seminar.«

»Auch Medizin?«

»Nein, Archivierung«, murmelte sie verlegen.

Ihre Verwirrung steigerte sich quasi mit jeder Minute. Ohne sich umdrehen zu müssen, spürte sie Mirkos Nähe. Keine Sekunde war ihm irgendein Gedanke anzusehen, nicht einen Ton seiner akzentbetonten Worte hätte jemand anhören können, wer sich hinter der smarten Fassade verbarg. Zu alledem fühlte sie sich allmählich deplatziert zwischen den Männern.

»Das Gefühl ist vollkommen unbegründet«, hörte sie Mirko dicht an ihrem Ohr flüstern.

Na super, jetzt kann der auch noch in meinen Kopf schauen!

»Ein alter Knochenflicker und ein Archivar. Endlich mal was Neues. Auf die Bettgeschichten bin ich neugierig«, unterbrach ein anderer am Tisch ihre aufsteigende Wut.

Obendrein hatte Mirkos Hand den Weg auf ihr Knie gefunden. Jedes Zucken, alle Regungen übertrugen sich auf seinen kräftigen Griff. Dabei sah er verstohlen zu ihr hinüber.

»Unsere Bettgeschichten würden euch nur langweilen. Ihr wisst, dass ich noch immer Schwierigkeiten habe mit Frauen. Aber Lisa-Marie kenne ich zum Glück schon sehr lange. Da ist es einfacher. Trotzdem glaube ich nichts von dem, was in der letzten Nacht geschehen ist, könnte euch interessieren.«

Mirko spielte seine Rolle perfekt. Ihr Herz stolperte, als sie die zarte Röte eines zurückhaltenden Mannes auf seinen Wangen erkannte. Fassungslos starrte sie ihn an. Ohne auch nur zu zwinkern, schoben sich seine Finger ihren Oberschenkel hinauf.

Ein erschrockenes Keuchen konnte sie gerade noch verhindern.

Der spinnt doch total! Was stimmt denn mit dem nicht?, keifte ihre innere Stimme.

»Och, da bin ich aber enttäuscht. Ich war mir so sicher, dass wir von dir heute Morgen ein paar schlüpfrige Details zu hören bekommen.«

In Lisa keimte Ärger. Endlich sah sie Mirko direkt in die Augen.

Vielleicht sollte ich dem lustigen Vogel ein paar Einzelheiten unserer Bettgeschichten der vergangenen Nacht erzählen?, sagte ihr Blick.

»Entschuldigt bitte«, bat Mirko und näherte sich ihrem Ohr. »Tue es, nur zu. Leider wirst du dann den restlichen Tag nichts über Archivierung lernen, sondern über Gehorsam.«

Sanft entfernte er sich von ihr und lächelte arglos. Jetzt sah er sich genötigt, Beutel aufzuklären. Die Wärme in seiner Stimme löste die Kälte der Gänsehaut auf, die ihr spontan in die Knochen gefahren war.

»In Ordnung. Lisa-Marie ist damit einverstanden, euch ein wenig von dem preiszugeben, was uns in den Stunden der Nacht beschäftigt hat.« Mit ernster Miene versicherte er sich der Aufmerksamkeit seiner Kollegen. »Wir haben uns die halbe Nacht über meine Heimat und Familie unterhalten. Schließlich muss sie um meine Zukunft wissen. Eine Frau, die so etwas ernsthaft interessiert, ist mir bisher noch nie begegnet.«

Das wärmende Lächeln, das sich jetzt bei allen breitmachte, ließ Lisa empfindlich schlucken. Es war keine Lüge, aber auch nicht die Wahrheit. Neugier trieb ihr das Blut ins Gesicht. Möglicherweise war ihm die Freundschaft und Fürsorge der Männer am Tisch zu wichtig, als dass er seine wirklichen Absichten verriet. Es war nur zu offensichtlich, wie gut er bei ihnen aufgehoben war.

»Das freut uns ganz besonders. Es wird auch langsam Zeit, dass Mirko auf andere Gedanken kommt. Außerdem lassen sich Ängste und Sorgen auf zwei Schultern besser verteilen.« Dann stieß der Mann Mirko mit der Schulter an, sodass der beinahe seinen Kaffee verschüttete. Schon folgte die nächste Spitze: »Ich hoffe doch, du hast der armen Frau auch noch ein bisschen mehr von dir gezeigt, als nur die heimatlichen Obstbäume.« Sichtlich zufrieden mit der Wirkung seiner unverschämten Anspielung biss er in sein Marmeladenbrötchen.

Verdammt, wie kann einer nur so perfekt in zwei unterschiedliche Rollen schlüpfen? Der kriegt doch tatsächlich rote Ohren.

Natürlich entging es Mirko nicht. Die Verblüffung brachte ihn zum Schmunzeln.

»Junge Frau, ich rate Ihnen: lassen Sie sich nicht abschrecken«, sagte der Herr am anderen Ende des Tisches. Der hatte Mirkos Mienenspiel ganz sicher missgedeutet.

Lisa erkannte ihn. Mirko hatte ihm etwas zugerufen, als er sie beim Volleyballspielen entdeckte. Er schien etwas ernsthafter zu sein als die anderen.

»Sie müssen wissen, Mediziner haben einen derben Humor, nicht für jeden verträglich. Aber meistens wissen wir uns zu benehmen. Wir freuen uns alle sehr über diese Entwicklung.« Er zwinkerte ihr freundlich zu, als er fortfuhr: »Mit unserem Mirko bekommen Sie den richtigen Mann an Ihre Seite. Der hat mentale Stärke für zwei. Ihr müsst nur zusammenhalten, dann wird sich alles andere schon finden. Glauben Sie mir, das wird schon.« Dabei machte er eine Geste, die ein Pärchen verbinden sollte. »Wenn einer ein wenig Glück verdient hat, dann ist es Mirko. Machen Sie sich um die Zukunft mal nicht allzu viele Sorgen. Sie können so oder so nichts beeinflussen. Am wenigsten den Verlauf eines Krieges und dessen Folgen.«

Sichtlich beeindruckt hatten alle anderen am Tisch kurzzeitig ihre Gespräche und jegliche Blödelei unterbrochen. Mirko tat, als hätte er von diesem leidenschaftlichen Vortrag nicht alles mitbekommen. Er sah seinen Nachbarn zweifelnd an. Alle grinsten und schaufelten ihr Frühstück von den Tellern.

Dass er wirkte, als könnte sein Glück gerade nicht größer sein, bedachte die Nervensäge in ihrem Kopf mit einem hässlichen Knurren. Nachdenklich verlor sich ihr Blick in der Runde.

Das Schicksal will es so, dachte sie. Ja, es ist bizarr und vollkommen irre. Dennoch schrie jede Zelle ihres Körpers nach dem heißen Typen, ganz gleich ob Jekyll oder Hyde sie verführen wollte. Mut gehörte vermutlich dazu. Bis heute hatte sie ihrer Natur blind vertraut, entschied sich immer für den einfachen Weg. Einen Masterplan eines höheren Ortes dahinter zu sehen, stritt ihr Inneres komplett ab.

Vorsichtig sah sie sich um. Hoffentlich kann hier niemand Gedanken lesen.

Aus dem festen Druck auf ihrem Oberschenkel hatte sich ein zärtliches Streicheln entwickelt. Vermutlich war ihr Verhalten für Mirko in Ordnung. Als sie die Lounge verließen, nahm er sie bei der Hand, küsste ihr Haar und wünschte ihr einen wunderschönen Seminartag.

Kapitel 8

Den ganzen Tag hatte sie geglaubt auf Wolken zu schweben. Sie gab sich Mühe, den Ausführungen des Dozenten zu folgen. Schließlich entsprach das Thema ihrer Leidenschaft. Doch die Stunden der Nacht stellten die eindeutig in den Schatten.

Nur zwei Sätze und ihre Gedanken verflüchtigten sich. Inzwischen fragte sie sich, ob sie am Ende des Tages irgendetwas Brauchbares mitbekam. Nach allem, was in den letzten vierundzwanzig Stunden geschehen war, schien sie unmöglich auch nur eine Sekunde an etwas anderes denken zu können. Sie hatte das Gefühl, sie wäre schon Wochen hier. Von zunehmender Unruhe gepackt, sah sie zur Uhr. Endlich war es soweit.

Mirko wartete bereits im Park. Dieses Mannsbild war eine echte Augenweide. Locker auf der Bank fläzend, beide Arme über der Lehne ausgebreitet, den Kopf in die Sonne gestreckt, genoss er die Mittagspause. Langsam näherte sie sich. Einen Meter vor der Bank öffnete er die Augen und schenkte ihr sein bezauberndes Lächeln. Sie schluckte, das Herz trommelte in ihrer Brust. Zunächst wusste sie nicht, wohin mit ihren

Gefühlen.

Seine Hand wies sie an, sich neben ihn zu setzen. Es dauerte nur Minuten und es war klar, er hatte seine Kongressstunden anders genutzt, als es wohl geplant war. Er griff in seine Jacketttasche, die er locker über der Schulter trug und zog einige Zettel hervor. Mit ernstem Gesicht schob er sie auf ihren Schoß.

Die feine Handschrift verriet sein Feingefühl. Ihr Körper hatte es sehr massiv zu spüren bekommen. Mit hektischem Blick überflog sie die ersten Zeilen. Sie runzelte die Stirn.

»Das ist nicht dein Ernst?«

»Wirke ich auf dich, als würde ich Scherzen?«, fragte er, statt zu antworten.

Emotionslos sah er sich um.

»Also, ehrlich mal: *Bitte, liste mir folgende Punkte auf.* Da darf ich doch wohl etwas misstrauisch werden.«

Der Ärger, der sie überfiel, konnte von ihrer Neugier nicht abgelöst werden. Auch wenn die Faszination für seine dunkle Ausstrahlung erneut von ihr Besitz ergriff, gelang es ihm nicht, sie maßgeblich zu beeindrucken.

»Und überhaupt, wo ist jetzt dein Akzent geblieben? Allmählich gewinne ich den Eindruck, du spielst ein Spiel mit mir. Verstehe mich nicht falsch. Von gewissen Spielen bin ich keineswegs abgeneigt. Entscheidend dabei ist, ob ich weiß, worauf ich mich dabei einlasse.«

Ihr Brustkorb hob und senkte sich heftig. Um die Wut vollständig herauszulassen, fehlte ihr spontan die Luft. Erstaunlicherweise reagierte er gelassen, wirkte geradezu verständnisvoll. Nicht so, als hätte er das Bedürfnis sich zu verteidigen. Er verzog zwar etwas das Gesicht, doch darüber hinaus zeigte er keine relevante Regung. Die ganze Zeit über hielt er ihre Hand. Seine Finger zogen beruhigende Kreise. Endlich umspielte seine Lippen ein sanftes Lächeln.

»Weißt du, es ist nicht leicht für mich. Ähnlich wie du, verberge ich meine private Persönlichkeit, passe mich gewissermaßen der Umwelt an, von der ich abhängig bin. Ich habe dir einen winzigen Blick in meine Welt erlaubt. Ich meine, wir sind uns in diesem Punkt ähnlich. Außerdem wollte ich mich davon überzeugen, dass mich mein Gefühl nicht getäuscht hat. Es war ein gewagtes Spiel, somit hast du recht. Wobei, du könntest es auch einen Test nennen, den du mit Bravour bestanden hast. Die meisten Frauen lehnen gewisse Dinge beim Sex ab. Das ist völlig in Ordnung. Aber, es liegt mir viel daran, dass du den richtigen Eindruck gewinnst. Ich bin wahnsinnig gespannt auf deine Sicht.«

»Ich verstehe schon. Ein Vergleich mit Jekyll und Hyde bietet sich an«, murmelte sie. »Ich hatte ausreichend Gelegenheit, mich davon zu überzeugen. Vielleicht mag ich beide Seiten.«

Sie vermied es zunächst, ihm in die Augen zu sehen. Erst, als er seufzte, drehte sie ihr Gesicht und suchte seinen Blick. Erstaunlicherweise war ihr seine Art, damit umzugehen, angenehm.

»Das trifft es zwar nicht ganz, jedoch kommt es dem durchaus nahe. Allerdings ist es nichts Außergewöhnliches. Männer mit extremer Verantwortung brauchen gewisse Reize. Oder es ist nur eine Neigung, auf die ich nicht verzichten möchte. Schon gar nicht bei einer Frau, die mir am Herzen liegt. Letzte Nacht hat sich allerdings gezeigt, dass das kein reines Männer-Phänomen sein muss.«

Auch wenn sie errötete, grinste sie, was er nickend zur

Kenntnis nahm. Die Ernsthaftigkeit hinter seiner Bitte, ihre Ansichten zu notieren, konnte sie nicht leugnen. Sie seufzte, als er ihre Hand zärtlich drückte.

»Das bedeutet natürlich nicht, dass ich unfähig bin mich anzupassen. Ich werde lernen und mich weiterentwickeln. Dafür braucht es jedoch Informationen.«

Ohne ihn aus den Augen zu lassen, hob sie die Zettel vom Schoß und begann erneut zu lesen. Wieder stieß sie die Luft aus. »Darüber kannst du nicht mit mir Auge in Auge reden? Stattdessen …« Sie unterbrach sich und klopfte mit dem Zeigefinger auf die Stelle, die sie gerade gelesen hatte.

Er runzelte die Stirn und lachte schmutzig. Offenbar überlegte er tatsächlich. »Natürlich, wir werden ausführlich darüber diskutieren, über jedes einzelne Wort. Das ist ja der Reiz an der Sache.«

Sein Blick scannte aufmerksam die Gegend ab. Er schien die Ruhe in Person zu sein. Dabei hatten sie nicht viel Zeit. Durch die unterschiedlichen Seminarzeiten passten ihre Pausen nicht zusammen.

»Marie, ich muss dir etwas gestehen.«

Oh, ha, jetzt kommt es, rief die Pessimistin in ihrem Kopf.

Sein Lächeln wurde noch breiter, während er den Kopf zu ihr neigte.

»Wie kommt es eigentlich«, platze es plötzlich aus ihr heraus. Obwohl völlig aus dem Zusammenhang gerissen, hatte sich die Empörung doch noch einen Weg gesucht. »Dass du immer weißt, was ich denke?«

Sein Mund näherte sich. »Dein Körper und nicht zuletzt deine Mimik verraten dich. Er erzählt mir, was gerade in dir vorgeht. Nenne es eine Begabung, möglicherweise ist es das auch. Als ich begann Sprachen zu lernen, hat sie mir sehr geholfen.«

»Dein Akzent ist also eine Tarnung?«, fragte sie grinsend.

»So könnte man es nennen. Er schützt mich und jetzt auch unsere Beziehung, wenn du so willst. Vertraue mir, ich werde dir gegenüber immer ehrlich sein. Ob du das bemerkst, wird die Zukunft zeigen. Aber da drinnen …« Er zog seinen Mittelfinger über ihre Herzgegend. »… spürst du, ob ich die Wahrheit sage. Dieser zarte und verletzliche Körper kennt den Unterschied zwischen erotischem Spiel und Gefahr.«

Lisa schluckte, war plötzlich überfordert mit seiner Ernsthaftigkeit. Sie blinzelte, das Lächeln war verschwunden. Die Tränen, die sie spürte, wollte sie keinesfalls zeigen. Jetzt half nur noch die Flucht nach vorn.

»Du wolltest mir etwas gestehen.«

»Wieder lenkst du ab«, raunte er. »Vielleicht sollte ich dir das durchgehen lassen?« Nachdenklich strich er über sein markantes Kinn, kniff die Augen zusammen und fesselte ihren Blick.

»Oder was?«

Mirko grinste diabolisch. »Könnte ich möglicherweise deinen Körper für deine Frechheiten zur Rechenschaft ziehen.«

Sie rollte die Augen. Die Schnelligkeit, mit der sich seine Lippen näherten, schickte ihr eine gewaltige Gänsehaut über den Rücken. Schon spürte sie seine Zähne, die ohne zu zögern in ihre Ohrmuschel bissen. Anschließend zog er sich wieder zurück. Ohne eine Spur einer Erklärung lehnte er sich an die Lehne der Parkbank und schloss genüsslich die Augen.

»Gut, dann zu mir und dem heutigen Abend.«

Erstaunt sah sie ihn an. Offenbar musste er etwas loswerden. Wenn sie es nicht besser wüsste, meinte sie Unruhe zu erkennen. Erneut nahm er ihre Hand.

»Was ist denn nun los?«, fragte sie schließlich. »Irgendetwas beschäftigt dich. Du kannst mir nichts vormachen.«

»Stimmt. Ein Grund für die Blätter.« Seine Augen verloren sich auf ihren Knien.

»Raus damit! Es wird nicht besser, wenn du weiter rumdruckst.«

»Rumdruckst? Was soll das heißen?«

»Vergiss es.«

Er blinzelte und fuhr sich nervös durch sein volles Haar. »Wir haben in der Gruppe eine Tradition. Albern, vielleicht, trotzdem kann ich mich nicht ausschließen. Nicht bei dem Bild, dass ich bei den Jungs aufrecht erhalten will. Ich habe ihnen einiges zu verdanken. Ein weiterer Abend und eine heiße Nacht wäre eine klare Alternative, das ist mir klar. Obendrein sind unsere Treffen ziemlich intensiv, wenn du verstehst, was ich meine. Dabei wird es gewöhnlich früher Morgen. Mir liegt viel an unserer gemeinsamen Zeit, deshalb die Abkürzung über das Papier.«

»So, du willst die Dinge bündeln, das waren deine Worte heute Morgen.« Sein schallendes Gelächter unterbrach sie. »Dass du anderen Verpflichtungen nachgehen musst, ist keineswegs ein Weltuntergang. Sicher, eine zweite Nacht ... Da mache dir mal keinen Kopf. Eine kleine Pause ...«, erklärte sie. Wobei sie das Wort Pause künstlich in die Länge zog und mit obszönem Grinsen im Gesicht. »... könnte uns durchaus guttun.« Bevor er etwas erwidern konnte, fuhr sie fort: »Das Leben ist kein Wunschkonzert. Außerdem kann ich kaum von dir etwas verlangen, woran wir beide gestern noch nicht einmal dachten.«

Sie sah ihm an, dass er sich sein Grinsen nicht verkneifen konnte. Er zog sie in die Arme und küsste sie wild. »Ich bin tatsächlich froh, dass ich zu dir auf diesen Hügel geklettert bin.«

Es wurde Zeit für den Rückweg. In der Lobby zog sie ihn zu sich und flüsterte ihm ins Ohr: »Zimmer 074, ich lasse die Tür offen!«

Mit hochgezogenen Augenbrauen sah er sie an. »Das Angebot werde ich mir keinesfalls entgehen lassen. Hoffentlich bleiben die Jungs nicht so lange«, brummte er schmunzelnd und winkte ihr noch einmal zu.

Kapitel 9

Am Nachmittag saß sie in ihrem Zimmer auf der Fensterbank. Ihr Blick hing am Horizont. Gerade zogen Gewitterwolken auf. Sie seufzte. So, wie es aussah, entwickelte sich gerade ein Unwetter.

»Zeit, sich dem Schriftstück des Doktors zu widmen«, knurrte sie und nahm die Beine dicht vor ihre Brust.

Auf ihren Knien lag der mehrseitige Fragenkatalog. Handschriftlich verfasst, jedoch wirkte er wie ein Vertrag. Allein deswegen verzog sie das Gesicht.

Will ich das?, fragte sie sich und schloss die Augen.

Stöhnend hob sie die Lider. Die Aufregung der vergangenen Nacht könnte es wert sein, sich mit seinen Gedanken zu befassen. Dass es ihm damit ernst war, stand außer Frage.

»Warum kann er mich nicht einfach nur vögeln? Muss es dafür auch noch seitenweise Erläuterungen geben?«

Endlich fiel ihr Blick auf die exakt geschriebenen Buchstaben.

Liebe Marie, bitte sei mir nicht böse. Die Umstände verlangen von mir, dir ein paar Fragen zu stellen. Gleichzeitig werde ich versuchen, dir so viele Anregungen aufzuzählen, wie mir einfallen, um es dir leichter zu machen. Allerdings erlaubt uns diese Vorgehensweise, dass wir deine Vorstellungen und Anmerkungen anschließend diskutieren können. Das spart Zeit.

»Was will er denn diskutieren?« Genervt stieß sie die Luft aus.

Ich bin mir sicher, dich wird unser Austausch genauso heiß machen, wie ich es mir vorstelle. Vor allem deshalb, weil du dich damit im Voraus beschäftigen kannst. Genieße den Ausflug in deine erotischen Wünsche. Hoffentlich kannst du mir diese Notlösung verzeihen. Allerdings ist es durchaus meine Art, wichtige Dinge in meinem Leben so zu handhaben. Bitte lies die Punkte sorgfältig, ziehe dich zurück und denke gut über deine Ausführungen nach. Ich werde jede einzelne Vorliebe testen. Also ist es am besten, du antwortest ehrlich und offen. Ich bin sehr gespannt auf deine Gedanken.

Nervosität überkam sie. Warum muss er das wissen? Der kann dir doch sowieso in den Kopf schauen, warf ihr Gewissen ein und hatte recht.

Sie blätterte und zog eine weiter Seite hervor. Dabei flogen die Restlichen von ihren Knien und verteilten sich über dem Teppichboden.

»Na klar«, schimpfte sie, verließ die Fensterbank und sammelte das Papier ein.

Inzwischen peitschte ein heftiger Regenguss gegen die Scheiben. Ein Grund mehr, sich an den Schreibtisch zu setzen.

Ein Liebhaber mit speziellen Vorlieben, las sie und verdrehte die Augen. »Ach, sag bloß. Ist mir gar nicht aufgefallen. Herrgott, auf was habe ich mich da nur eingelassen?«

Für Sekunden ballte sie die Fäuste. Ganz egal wie es sie inzwischen aufregte, der Text zog sie augenblicklich wieder in seinen Bann.

Ich vermute, in deinem hübschen Köpfchen spuken geheime Wünsche herum. Die will ich unbedingt herausfinden. Es ist mir wichtig, deine Sicht der Dinge zu erfahren. Gern kannst du hier deine Sehnsüchte auflisten.

»Wovon träumst du nachts?«, stieß sie aus.

Genau davon Schätzchen, kam die Antwort aus ihrem Hirn.

Sie rollte die Augen und senkte den Blick auf den Tisch. Während sie die Seiten las, lehnte sie sich immer wieder zurück, blies die Backen auf oder schickte ihren Blick über die sich im Wind biegenden Laubbäume vor dem Fenster.

Jede ihrer Stimmen im Kopf plärrte einen anderen Text. Keinem konnte sie weder Recht geben, noch mit einem Gegenargument kontern. Endlich kam sie zum Schluss des Textes. Inzwischen stand ihr der Schweiß auf der Stirn. Der war nicht allein auf die hohe Luftfeuchtigkeit im Zimmer zurückzuführen.

Ich denke, ich habe dir genug Stoff zum Nachdenken gegeben. In jedem Fall ist es eine super Art, um dir die Zeit ohne mich zu vertreiben. Wir werden uns morgen nach Seminarschluss ein schönes Plätzchen suchen. Ich verspreche dir, alles, was du bereit bist mir preiszugeben, sehr ernst zu nehmen. Ich weiß, wie ungewöhnlich mein Vorgriff auf dich wirken muss. Die Gründe hierfür werde ich dir nennen, versprochen. Meine Freude auf unsere Debatte ist unbeschreiblich. Ganz gleich, wie du damit umgehst.

»Zeitvertreib, so so«, murmelte sie und schüttelte grinsend den Kopf. Die Wut war gewichen. Sie drehte das letzte Blatt.

PS: Nimm bitte nicht jedes Wort so ernst. Das ist kein Vertrag, auch wenn es so scheint. Obwohl ich dich jetzt klar vor mir sehe, wie du über dem Text brütest, deine Stirn gerunzelt hast. Deine himmelblauen Augen starren fassungslos auf das Papier. In deiner Brust brüllt ein Stier, auf dessen Kampf ich mich freue. Ich meine, du würdest mich jetzt am liebsten ohrfeigen. Hm, könnte sein, dass ich dir das sogar erlaube, aber dazu später. Dich mit diesen Zeilen zu konfrontieren, wird dich sehr empfindlich für unsere Aussprache machen. Es versetzt dich mit Sicherheit bereits in die von mir beabsichtigte Stimmung. Habe einen schönen Abend. Mirko

»Schufft! Vielleicht sollte ich meine Tür nicht offen lassen?«

Lügnerin!, plärrte die Stimme, von der sie wusste, dass sie recht hatte. Wenn es nach dir ginge, wäre es bereits Nacht. Du scharrst jetzt schon mit den Hufen.

»Worauf du dich verlassen kannst«, schimpfte Lisa und schob die Zettel quer über die Tischplatte.

Für Sekunden kämpfte sie mit ihrem gekränkten Stolz. Doch in ihrem Inneren staute sich gnadenlos Lust auf. Darüber nachzudenken, konnte sie sich schenken. Dieser Mann wusste ganz genau, welche Knöpfe er bei ihr drücken musste. Es rang ihr Achtung ab, dass er sich so viel Zeit nahm, um ihre Aufmerksamkeit zu fesseln. Es zeigte sein Interesse an ihr. Freilich war sie verwundert, aber gleichzeitig fasziniert.

»Trotzdem, Freundchen«, knurrte sie und fühlte, wie sich ein freches Grinsen auf ihren Lippen ausbreitete. »Das wird eine spannende Auseinandersetzung, darauf kannst du dich verlassen.«

Sicher Lisa, gab die mahnende Stimme zu bedenken. Eine Wette, die du bereits verloren hast.

»Kann sein«, gab sie zu. »Aufregend wird es mit Sicherheit.«

Ihre Haut kribbelte bis unter den Haaransatz. Plötzlich hatte sie es eilig, in ihrer Tasche nach Papier und Stift zu suchen.

Kapitel 10

Lisa öffnete die Augen. Sie war von Dunkelheit umgeben. Langsam begann sich ihr Gehirn zu orientieren und bemerkte, dass sie nicht allein in ihrem Bett war. Wann hatte sie Gesellschaft bekommen? Statt Empörung schlich ihr Verlangen über die Haut. Sich mit ihrer inneren Stimme darüber zu streiten, dazu fehlte ihr die Muse.

Allmählich gewöhnten sich ihre Augen an die Schwärze der Nacht. Sie erkannte seine Umrisse. Nur Sekunden und sie spürte sanft streichelnde Hände auf ihrer Haut.

Ich habe dich gewarnt. Du wirst ihn ohne Bedenken in deiner Nähe akzeptieren, moserte die Stimme in ihr.

Seufzend begann sie sich zu bewegen. Seine Anwesenheit schürte ein Begehren, was sie allein der Umstände wegen und der Tageszeit verwirrte.

»Habe ich dich geweckt? Wollte ich nicht. Schlaf weiter.«

Mirko zog sie an seine Brust, vergrub sie unter seinem Arm und dann hörte sie seine tiefe Atmung. Erstaunt schob sie ihn zur Seite, drehte sich, um ihn zu betrachten. Wie ein mächtiger Schatten wirkte seine massige Figur im Mondlicht.

»War wohl eine anstrengende Nacht«, murmelte sie und ließ ihre Fingerkuppe sanft über sein Schulterblatt gleiten. Sie angelte den Wecker vom Bettsims. »Drei Uhr Fünfzehn. Respekt, das nenne ich Durchhaltevermögen.«

Sie stellte die Uhr zurück, drehte ihm den Rücken zu und lauschte seinem Atem.

»Guten Morgen«, hörte sie ihn verführerisch am Ohr, noch vor seiner streichelnden Hand auf ihrer Haut. Augenblicklich erwachte sie. Auf seinen Lippen lag ein umwerfendes Lächeln.

»Du bist aber gut gelaunt«, murmelte sie und gähnte. »Und putzmunter«, ergänzte sie misstrauisch, als sie seinen erwachten Körper spürte.

»Ich weiß, du bist ein Morgenwild - pardon Morgenmuffel, richtig?«, stichelte Mirko. »Leider kann ich darauf im Augenblick keine Rücksicht nehmen und ich gedenke, meinem stolzen Freund nicht zu widersprechen. Du bist einfach zu verlockend.«

»Hm, kann sein.« Den rauen Ton legte sie absichtlich unter ihre Worte.

Seine Augenbrauen zogen sich genauso schnell nach oben, wie seine Finger das zärtliche Kreisen in ihrem Nacken beendeten. Lisa nahm es hin.

»Ich bin sauer, wie du dir hoffentlich denken kannst.«

Sie zeigte auf den Schreibtisch. Die dunklen Augen folgten ihrem Finger. Er runzelte die Stirn und überlegte kurz, bevor er sich langsam ihrem Gesicht näherte.

»Kannst du auf unser Gespräch warten?«

»Ach, wieso denn?« Erneut ließ sie ihre Stimme ärgerlich klingen.

»Mir ist klar, womit ich dich konfrontiert habe und ich bin von deiner Reaktion begeistert.« Während er seine Worte flüsterte, fuhren seine Lippen knabbernd an ihrem Hals entlang. Ein heftiges Stöhnen war ihre Antwort. »Wenn es anders wäre, würde es nämlich bedeuten, dass ich mich irre.«

Bevor aus ihrem Mund ein Protest kommen konnte, verschloss er ihn mit seinen Lippen und schob ihr fordernd die Zunge über die Zähne.

»Wir werden jeden der Punkte später besprechen. Marie, es ist vier Uhr zwanzig, bitte.«

Er stützte sich über ihrer Brust in die weiche Matratze und betrachtete sie aufmerksam.

»Dein Welpenblick wird dich einiges kosten, mein Freund«, erklärte sie frustriert darüber, wie ihr williger Körper seiner Verführung erlag. Seufzend legte sie den Kopf zurück und schloss die Augen.

»Auf deine Fantasie bin ich sehr gespannt. Bin neugierig, ob du sie mit mir teilen wirst. Ansonsten wird es schwierig, sie zu erfüllen.«

Sein Grinsen, das sich gehörig von der dunkler werdenden Mimik absetzte, schoss ihr direkt in den Schoß.

»Oh, ich kann mir so einiges vorstellen. Vor allem nach dieser eigenartigen Lektüre.«

Mirko nickte und verschwand unter ihrer Decke. Für einen Augenblick lugte er darunter hervor. »Wollen doch mal sehen, ob es mir gelingt, eine deiner Sehnsüchte hervorzulocken«, raunte er und ließ seine Nase um ihren Bauchnabel kreisen.

Oh ha, der Kerl ist unersättlich. Weitere Gedanken waren unmöglich. Jeder ihrer vibrierenden Nerven streckte sich seiner verwöhnenden Zunge entgegen.

Tatsächlich konnte sie sich Sekunden später kaum noch an ihren Ärger erinnern. Mit einem einzigen Stoß schob er sich anschließend in sie. »Verdammt, daran könnte ich mich gewöhnen.«

»Ich weiß«, keuchte er und drehte sie um.

Ihre Hände suchten unweigerlich Halt in den zerwühlten Laken. Seine Hände schoben sich unter ihre Hüften. Er nahm sie tiefer und schneller als zuvor. Das klatschende Geräusch auf ihrer schweißnassen Haut wurde heftiger. Egal, wie sehr sie sich der völligen Erschöpfung näherte. Keine Sekunde ließ er nach. Selbst, wenn er kurz innehielt, um dringend nötigen Sauerstoff zu bekommen, stieß er anschließend umso härter zu. Mit einem heißen Aufschrei kam er und zog sie mit sich über die Klippe.

Das Donnern seines Herzens trommelte in einem wahnsinnigen Tempo auf ihrer Haut. Dann zog er sie in seine Arme.

»Wir müssen bald einem Seminar beiwohnen, jedoch ...«, murmelte er und versenkte sich erneut in ihr.

Wie am Tag zuvor betraten sie Hand in Hand den Frühstücksraum. Schnell hatte sich Mirko orientiert und die Jungs gefunden. Sie zog ihn noch einmal zurück.

»Jetzt, wo die rosarote Wolke Pause hat, wüsste ich doch gern, wieso ich keinen von ihnen kenne?« Sie zog ihn an der Hand und schickte ihren Blick auf die Männer am Tisch. »Ich hatte auch nie den Eindruck, dass einer von ihnen mich schon einmal gesehen hat. Ich dachte, ihr kommt alle aus einem Klinikum?«

Mirko grinste und schob seinen Arm besitzergreifend um ihre Taille. »Stimmt, du bist sehr aufmerksam, Marie«, erklärte er. »Jeder von ihnen kommt aus einer anderen Fachrichtung. Deshalb sind dir die Herren gänzlich unbekannt.« Ungeachtet dessen, dass ihr Handgriff fester wurde, sagte er: »Sie wissen von dir, weil ich von dir erzählt habe und sie mir geraten haben, für die paar Tage meine Sorgen über Bord zu werfen. Allerdings haben sie keine Ahnung von der Art meiner Bedenken.«

»Aha, Bedenken anderer Art, verstehe.« Wenigstens zuckte er jetzt zusammen, da ihr Ton erneut ärgerlich klang. »Du bist berechnend, Dr. Mirko Klepic.« Der Blick in sein Gesicht genügte ihr im Moment. Sie nickte zufrieden und lockerte ihren Griff. »Was für eine Fachrichtung bedient denn Beutel?«, fragte sie. »Lass mich raten, Gynäkologie?«

»Korrekt, der ist von uns allen der Verdorbenste. Weiß wirklich nicht, warum das so ist?«, fügte er hinzu.

Anscheinend war er erleichtert von ihrer Reaktion. Zielstrebig steuerten sie den Tisch der Mediziner an. Die waren recht still, im Gegensatz zum gestrigen Auftritt. Die letzte Nacht hatte den Anwesenden offenbar ziemlich zugesetzt. Jedenfalls mehr, als zuvor geplant oder gedacht. Still rührte sogar Beutel in seinem Kaffee.

»Oh, was für eine Nacht«, stöhnte er. »Mädchen, das wollen Sie gar nicht wissen.« Lisa schickte einen fragenden Blick in die Runde. »Aber er scheint trotzdem recht frisch.«

Träge schielte der Witzbold nach Mirko. Der grinste ihn geheimnisvoll an.

»Frisch und munter, das trifft es durchaus«, kam ihm Lisa lachend zuvor.

»He, du warst nur schwer wachzukriegen, deshalb war es gewissermaßen Notwehr«, beschwerte er sich lautstark, sodass die restlichen Tischgenossen müde in ihre Kaffeetassen grinsten. »Und wenn ich mich recht erinnere ...«

Abrupt drehte sie sich um. In seinen Augen stand die Ankündigung einer Strafe überdeutlich. Sie verzog ihre Lippen und schüttelte den Kopf. Dann stieß sie ihm den Ellenbogen in die Seite. Für die anderen wirkte sie, als wäre ihr Mirkos Auftritt peinlich. Das sorgte für noch mehr Gelächter.

Der schmunzelte und wandte sich ihrem Gesicht zu. »Ich sagte doch, wir passen hervorragend zusammen.«

Mirkos Dreistigkeit schickte ihr das Blut in die Wangen. Dabei wusste sie nur zu gut, was er meinte. Ihr verstohlener Blick wanderte über die erwartungsvollen Gesichter am Tisch. Ohne es zu bemerken, hatte sich ihr Auftritt perfekt in seine Rolle gefügt. Was sie sah, beruhigte sie.

Sie fühlte sich geehrt, dass man sie in dieser Runde willkommen hieß und einfach aufnahm. Daran könnte sie sich ebenso gewöhnen, wie an den geheimnisvollen Mann an ihrer Seite.

»Haben Sie schon Pläne?«, fragte Beutel.

Sie schüttelte den Kopf. Schelmisch erinnerte er sie an die Wahrheit. Heute war ihr letzter gemeinsamer Seminartag.

Er hat recht, meldete sich ihre innere Stimme. Und was wird dann?

Wie immer spürte Mirko, was in ihr vorging. Beruhigend legte er seine Hand auf ihre. Sein Blick hatte den dunklen Ausdruck verloren. Er strahlte vor Zärtlichkeit. Die schlich sich in ihr Herz.

Abwarten, ermahnte Lisa ihr Gewissen.

Kapitel 11

Noch nie zuvor hatte sie so häufig auf die Uhr gesehen.

»Dieses Seminar muss ich dringend wiederholen«, nuschelte sie, als sie ihre Tasche über die Schulter schob.

Dabei wusste sie längst, dass ihre so wichtigen Karrierepläne in der Hitze ihres Verlangens verbrannten. Die waren bereits mit dem ersten Blick in die Augen des dunklen Doktors Geschichte. Bisher wollte sie von der Wahrheit nicht viel wissen.

Wie am Tag zuvor wartete er im Park. In einer ähnlichen Pose und völlig gelassen. Nichts an ihm zeigte eine Spur von Aufregung.

»Der hat vielleicht die Ruhe weg. Na warte«, murmelte sie, als sie sich der Bank näherte.

Mirko sah sich um. Ein dunkler und zugleich verführerischer Blick genügte, um ihren forschen Schritt aufzuhalten.

»Komm zu mir, Marie. Hier sind wir ungestört.« Er reckte seinen Kopf gen Himmel. »In einer halben Stunde ist die Sonne unter den Blätterwald gewandert. Der perfekte Ort für uns.«

»Du bist dir ja sehr sicher«, sagte sie und verzog das Gesicht.

Trotzdem setzte sie sich zu ihm, griff in die Tasche und zog das Papier hervor.

Ohne sichtbare Reaktion auf ihren Zorn fing er ihren Blick ein. Er richtete sich etwas auf, was den einen Meter neunzig großen Mann spontan noch größer wirken ließ. Nicht, dass er sie damit beeindrucken konnte.

»Wollen wir anfangen?«, fragte er.

Sie stieß die Luft aus und rollte die Augen. Selbst davon blieb er unbeeindruckt. Außer einem Augenzwinkern war ihm nichts anzumerken. Offenbar war er während des Vormittags nicht untätig gewesen. Das bewies das Papier, was er aus dem Jackett zog. Sie erkannte die feine Handschrift, die ihr ein Staunen abrang. Dann riss sie sich los und fixierte ihn.

»Je eher wir fertig sind, desto länger wird die Nacht«, fügte er hinzu.

»Wie kommst du darauf, dass ich die mit dir verbringen will?«

Jetzt zog er sie an sich, hob ihr Kinn an und strich ihr mit dem Daumen über die Unterlippe. »Marie, dein Ärger ist gespielt. Den nehme ich dir nicht ab. Dein Körper hat dich längst verraten.«

Für Sekunden hielt sie seinem Blick stand. Dann ergab sie sich und seufzte.

»Okay, dann los.«

Ihre Aufmerksamkeit hing an seinem Exemplar. Plötzlich wähnte sie sich in einem von Timos langweiligen und überflüssigen Meetings.

»Deinem unruhigen Auftritt entnehme ich, dass du meiner Bitte gefolgt bist und meine Anregungen studiert hast.«

»Studiert ist reichlich übertrieben.« Sie hob die Hand. »Aber ja, ich habe mich damit befasst. Und wie du dir denken kannst, besteht jede Menge Redebedarf.«

»So war es beabsichtigt.« Er grinste unverschämt und fuhr sich vergnügt übers Kinn.

»Wo ist das versprochene Dinner?«, fragte sie provozierend.

»Holen wir nach«, antwortete er schlicht. »Die Wirkung deiner Aufregung ist phänomenal. Hinreißender, als ich es mir ausgemalt habe. Wir wissen beide, dass der Zufall die Weichen gestellt hat.«

Sie stimmte ihm zu, nahm das erste Blatt und tippte darauf.

»1. *Ich gehe davon aus, dass du wegen deiner Meinung, für einen Mann nicht attraktiv zu sein, nicht sehr viele Sexualpartner hattest.* Echt jetzt, es interessiert dich, mit wievielen Männern ich geschlafen habe?«

»Nein, im Grunde nicht. Wenn, dann nur im Zusammenhang mit den Parallelen, die sich zwischen uns gezeigt haben. Ich empfinde sie als gute Basis.« Er sah ihr in die Augen, die sie sofort zusammenkniff. »Waren es so viele?« Empört rang sie nach Luft, was ihm ein freches Kichern entlockte. »Es war deine Absicht, mich mit ihnen zu konfrontieren.«

»Vier, oder vielleicht auch mehr«, sagte sie leise und errötete.

Er rückte näher und legte ihr den Arm um die Schulter. »Selbst wenn es zehn wären, ginge mich das nichts an. Weil das auf mich ebenso zutrifft, dachte ich, es würde eher dich interessieren. Ich bin jedoch sicher, du würdest mir eine solche Frage niemals stellen. Der Grund ist zwar ein anderer, trotzdem, eine ernst zu nehmende Beziehung? Lass mich überlegen. Tatsächlich kommt da nur eine einzige infrage. Und die hatte ich während meines Studiums. Der Krieg und die Erkenntnis, dass es mich zu gewissen Praktiken zieht, bedeuteten das Ende. Klar, Affären hatte ich mehrere.«

Er suchte ihren Blick.

»Interessiert mich nicht.«

Jetzt befiel ein dreistes Grienen sein Gesicht. Er verzichtete auf eine Reaktion. »2.?« Sein Blick verlor sich auf seinem Blatt. Dann las er vor: »*Ich höre dir sehr genau zu. Deshalb weiß ich, dass du Männer, die man gewöhnlich unter dem Begriff Bad Boy zusammenfasst, bevorzugst.*«

Mit einem fragenden Blick zwang er sie zu antworten. Sie war bereit nachzugeben.

»Du hat recht. Der Begriff Bad Boy ist reichlich oberflächlich, um Männer einzuordnen.«

Mirko nickte. »Der Grund für meine Aufzählung ist, dir einen Vergleich zu ermöglichen. Ich bin der Meinung, allein deshalb fühlen wir uns zueinander hingezogen.«

»Hm, Rollenspiele … Kann ich mir tatsächlich vorstellen.« Sie blinzelte in die Sonne. »Aber eine Sub? Niemals. Ich bin nicht devot und werde es nie sein. Erotische Befehle?« Sie blickte auf und verfing sich in seiner erwartungsvollen Mimik. »Es kommt auf die Situation an, inwieweit ich mich darauf einlasse. Möglicherweise ergibt es sich. Eine typische Sub/Dom Beziehung schließe ich definitiv aus.«

Seine Augen funkelten. Vielleicht stieß ihn ihre klare Ansage ab. Dazu passte nicht, dass er erleichtert wirkte. Versunken über dem Text, entstand eine Pause.

»Du und deine Strafen«, flüsterte sie ohne aufzublicken. »Ich mag das Worte nicht. Mit Erotik kann ich es nicht in Einklang bringen.«

»Definitionsfrage. Man kann es durchaus anders formulieren. Wobei, meine letzte … Strafe … hat dich beeindruckt, dir gefallen, soweit ich mich erinnere.«

»Mag sein«, sagte sie.

Langsam verflog ihr Ärger. Allmählich näherten sie sich an, ganz so, wie er es prophezeit hatte. Eine Weitsicht, die sie nicht leugnen konnte.

»Trotzdem möchte ich nicht bei jedem Schritt oder Atemzug darüber nachdenken müssen, ob dem Herrn das auch recht ist, oder es eine STRAFE nach sich ziehen könnte.«

Mirko grinste schief. Es war offensichtlich, wie es hinter seiner Stirn arbeitete. Wollte er sie wirklich herausfordern, zukünftige Situationen abzuklopfen, um eine Entscheidung zu treffen?

»Der Hang zu dunklen Spielarten, wie du es nennst, bedeutet für mich Abenteuerlust. Auch hierbei stehen wir uns in nichts nach. Was sich in deinem hübschen Kopf für Sehnsüchte sammeln, kann ich jederzeit Realität werden lassen. Vorausgesetzt, dass ich sie kenne. Ich möchte herausfinden, ob dich eine angedrohte Konsequenz heiß macht. Allerdings stehe ich nicht auf Schmerz, also füge ich auch keinen zu. Das nur nebenbei. Du musst es im Sinne von Luststeigerung sehen, keineswegs um ein Machtgefüge zu erzeugen.«

Besser ich antworte darauf nicht, dachte sie und biss sich auf die Lippe. Er ahnte ohnehin schon mehr, als sie bereit war zu offenbaren.

»Definiere: Spielarten.«

»Fixierung, Wärme- und Kältereize, erotische Toys, Rollentausch ...«

»Rollentausch?«, unterbrach sie ihn.

»Genau, was du meintest sind Rollenspiele, die sind zwar auch interessant, ist jedoch nicht das, was ich meine.«

Spontan vergaß sie, was sie sagen wollte. Faszination zeigte sich in ihrem Gesicht.

»Du bist beim Lesen von dir ausgegangen. Das war beabsichtigt, sicher. Trotzdem steckt noch eine andere Botschaft dahinter. Kannst du dir vorstellen, dass in mir eine devote Seite schlummert?«

Lisa riss ungläubig die Augen auf. In ihren Gedanken fügten sich gerade ein paar Puzzleteile ineinander. »Jekyll oder Hyde«, flüstere sie. Er schmunzelte. »Allmählich beginne ich zu verstehen, was die Schreiberei soll, entschuldige. Diese Art von Rollentausch könnte ich mir vielleicht vorstellen.«

»Ich mag beide Seiten. Ehrlich gesagt, war ich mir unsicher, wie sehr ich dich damit verwirren werde. Wobei die dominante Seite in mir, um einiges stärker zum Vorschein kommt.«

»Das ist nicht zu übersehen. Vielleicht treffen wir uns in der Mitte? Ich meine einen Kompromiss.«

Dass sie sich inzwischen von der erwarteten schlüpfrigen Plauderei weit entfernten, bemerkte sie erst jetzt. Ihre Gedanken wollte sie im Augenblick nicht teilen. Unweigerlich kehrte Hitze in ihren Körper zurück. Das Thema erregte sie. Er hatte sie im Blick und würde es nicht übersehen. Mirko war immer einen Schritt voraus. Ganz sicher hatte er ihre Reaktion vorhergesehen.

»Aber Punkt 3 hat mich zum Nachdenken gebracht. *Ein Liebhaber mit speziellen Vorlieben*, bist du ohne jeden Zweifel. *Dich Ohrfeigen?* Lass mich überlegen.« Provokant näherte sich ihre Hand seinem Gesicht. Dass er sie nicht aufhielt, stattdessen mit einem Grinsen abwartete, brachte sie fast aus dem Konzept. Sie räusperte sich verlegen und zog die Hand zurück. »Aber was ist mit den Gründen?« Sie versuchte abzulenken, wie immer. Außer einem dunklen Blick blieb er gelassen.

»Ich glaube einen wirklichen Grund gibt es nicht, eher einen Auslöser. Mein Vater ist devot. Er liebt die dominate Seite meiner Mutter, eine klassische Domina. Sie pflegen eine ganz besondere Liebe. Traut man der Generation nicht zu.«

Stände auf seinen Lippen nicht der Hauch von Zärtlichkeit, würde der Zweifel in ihr eine Grundlage haben. Ihr klappte der Mund auf. »Das erstaunt mich tatsächlich. Nicht die Beziehung deiner Eltern, aber die Ernsthaftigtkeit, mit der du Details preisgibst schon.«

Sie spürte seine Hand. »Ernsthaft? Nein, Ehrfurcht und Faszination sind die richtigen Worte. Es war zu Hause unmöglich, die Dinge nicht mitzubekommen. Viele von uns, ich eingeschlossen, haben ein vollkommen falsches Bild einer solchen Beziehung. Dabei ist es meiner Meinung nach gleich, ob der devote Teil männlich oder weiblich ist. Ihnen habe ich es zu verdanken, dass ich mich mit meinen Bedürfnissen sehr früh auseinandersetzen musste. Sie haben mich offen erzogen. Ein cleverer Weg, um mich vor der Spießigkeit der Gesellschaft zu schützen.«

»Du hast deinen Schutz perfektioniert, würde ich meinen.«

»Möglich, inzwischen kann ich nicht immer beeinflussen,

wann ich eine Rolle spiele. Das geschieht automatisch. Seit ich dich auf dem Hügel entdeckt habe, grüble ich über meine Art zu leben nach. Ich empfinde viel für dich, Lisa-Marie. Dennoch kann ich im Moment nicht sagen, ob es reichen wird. Die Zukunft liegt im Nebel. Allerdings ist es ein großes Glück, dass wir ähnliche Voraussetzungen mitbringen.« Er unterbrach sich, um tief durchzuatmen. »Ich habe über meine wahren Gefühle noch nie gesprochen, außer mit meiner Mutter. Du bist die erste Frau, die nun davon weiß. Nur habe ich eben beide Extreme in mir, die ich mit großem Verlangen auslebe. Darüber muss der andere nicht unbedingt Bescheid wissen. Jedes Feuer kann man manipulieren, sicher nicht auf Dauer. Aber, das war bisher auch nicht meine Absicht.«

Ein leichtes Beben zog sich durch ihren Körper. Mirko wirkte, als würde sich ihre zarte Bindung einem entscheidenden Punkt nähern.

»Meine Jungs sind durchaus aufgeschlossene Menschen, frei in ihren Gedanken. Kein Grund, meine Fassade fallen zu lassen. Der Beruf des Arztes ist mit vielen Klischees behaftet. Außerdem ist es so viel bequemer.« Er grinste verwegen.

»Und aufregender. Ehrlich, ich kann dir keine detaillierte Auflistung meiner Vorlieben geben. Bis heute war es mir wichtig, vor einem Liebhaber möglichst ungesehen zu bleiben. Dass ich diese Bedingung nur bei einer Art von Mann haben kann, habe ich schnell gemerkt. Was soll ich sagen? Es hat mir gefallen. Und wie hast du es eben formuliert? Es war bequem, brauchte keine Erklärungen. Ich musste mich mit meinen Ängsten nie auseinandersetzen. Dass ich die härtere Gangart bevorzuge, hat sich einfach ergeben.« Sie schielte ihn von der Seite an und hob die Schulter. Er beobachtete sie.

Inzwischen hatte sie sich daran gewöhnt. »Etwas nicht von vornherein zu wissen, ein Stück weit Unberechenbares erleben, macht es für mich spannend und um einiges aufregender. Das kann ich dir mit Sicherheit sagen. Notfalls verpasse ich dir eine Ohrfeige.«

Dass er auf diese Provokation augenblicklich reagierte, war hingegen keine Überraschung. »Versuche es. Ich kann einiges einstecken. Wie sähe wohl ein Kompromiss aus? Vielleicht ist an dieser Stelle eine Warnung sinnvoll. Sollte ich dir als devoter Part etwas zugestehen, was meinst du bedeutet das bei einem Rollentausch?« Ihr stockte der Atem. Jedes Alarmsignal in ihrem Kopf schrie auf. »Wie ich sehe, braucht es keinen weiteren Hinweis. Oder lechzt du nach einem Beispiel?«

Der dunkle Hauch in seiner Stimme wirkte hypnotisierend, bewegte sie dazu ihm zuzustimmen.

Du bist total verrückt!, keifte ihr Gewissen und zog sich beleidigt zurück.

Sie hing an seinen Lippen, wobei er die Augen erneut geschlossen hatte, während sein Kopf im Nacken lag.

»Dein zauberhafter Hintern reizt mich sehr. Irgendwann wird er mir gehören. Ganz gleich, ob du dir das im Moment vorstellen kannst. Was jedoch heißt …«

Im Bruchteil einer Sekunde öffnete er die Augen und drehte sein Gesicht. Erwartungsvoll schaute er sie an.

»Wie du mir, so ich dir«, flüstere sie.

Ihre Wangen glühten bereits. Sie spürte ihren Puls, als käme sie gerade vom joggen.

»Gegenseitiges Entdecken ist die feinere Bezeichnung.«

Das tiefe, schmutzige Lachen wollte nicht wirklich zu der Aussage passen und holte die Nervensäge hinter ihrer Stirn auf den Plan. Heftiger Protest war die Folge, den sie wegwischte.

»Du bist ein bemerkenswerter Mann, Mirko Klepic.«

»Damit könntest du recht haben«, sagte er und beendete mit einem verzehrenden Kuss die Debatte.

Kapitel 12

Sie bedauerte, dass sich der Tag dem Ende näherte. Das Seminar hatte sie bereits abgehakt. Was sie gelernt hatte, war überschaubar. Die restlichen Unterrichtsstunden am Samstagmorgen änderten nichts.

»Um ehrlich zu sein, ist es mir egal«, hatte sie Mirko gestanden, bevor sie zum Hotel zurückgingen. »Rückblickend waren die vergangenen Lehrgänge, von denen ich dachte, jetzt komme ich endlich voran, komplett an der Realität vorbei. Wenn ich am Morgen ins Archiv kam, holte mich mein Chef schnell wieder auf den Boden der Tatsachen zurück.« Traurig hatte sie auf ihre Schuhe geschaut.

»Soll jetzt kommen, was will. Ist schon erstaunlich, wie ein wenig dunkles Vergnügen das Denken beeinflussen kann. Das sture Festhalten an einer Karriere ist sinnlos, wenn sich im Leben sonst nichts ändert. Am Anfang habe ich mich einfach nur dem Feuer ergeben, das du entfacht hast. Klar, habe ich dich schon seit langem begehrt, genauso realitätsfremd.«

Er hatte sie nicht unterbrochen, ihr stattdessen mit seiner Nähe geantwortet.

»Es ist keineswegs selbstverständlich, eine Frau meinen Freunden vorzustellen. Ich weiß genau, dass du vermutet hast, dir auf den Hügel zu folgen, wäre nicht das erste Mal. Vielleicht habe ich in dem Augenblick, als ich dich sah, auch nichts anderes im Sinn gehabt? Nur wenige Minuten und ich musste mir eingestehen, dass du mich ertappt hast. Den Verdacht, hinter deiner Stirn könnte sich eine ähnliche Absicht verbergen, habe ich genossen.«

Sie schreckte zusammen, als ihr Telefon klingelte.

Hoffentlich hat er überhaupt Zeit für mich?, dachte sie, als sie seine Nummer erkannte.

Mit wenigen Worten teilte ihr Mirko mit, wie er sich die kommenden Stunden vorstellte. Er hatte Pläne für den Abend und die darauffolgende Nacht.

»Das klingt nach einem deiner Befehle«, meinte sie lachend.

»Kann sein. Wenn du recht hast, ist dir hoffentlich bewusst, was eine Zuwiderhandlung für dich bedeutet«, antwortete er mit ähnlicher Fröhlichkeit, die ihr unweigerlich unter die Haut kroch.

Jetzt kramte sie im Kleiderschrank. Hektik überfiel sie bereits, obwohl sie noch eine Stunde Zeit hatte.

Das Wetter war wie geschaffen für Verliebte. Die Wärme nahm im Stundentakt zu. Ein Ende der Hitzewelle war nicht in Sicht. Als Lisa aus dem Fahrstuhl stieg, lehnte er mit dem Rücken an der Rezeption und fixierte sie. Ungeduld stand in seinem Gesicht. Der Ausdruck, den er zeigte, sorgte dafür, dass sie wie ferngesteuert zur Uhr sah. Kopfschütteln und

Augenrollen waren die Folge. Der unergründliche Blick, mit dem er auf sie zukam, veranlasste sie stehenzubleiben. Ohne auch nur einen Gedanken daran zu verschwenden, wo sie sich gerade befanden, zog er sie an sich. Augenblicklich spürte sie seinen heißen Atem an ihrem Ohr. Alles geschah mit einer Selbstverständlichkeit, dass ihr der Puls raste. Hitze sammelte sich in ihrem Nacken. Ihr rosa Gesicht genoss er mit einem Schmunzeln. Er fasste ihre Hand und wandte sich zum Ausgang.

»Lass dich überraschen«, beantwortete er ihren fragenden Gesichtsausdruck. »Ich hoffe, du hast heute Nacht nicht irgendetwas geplant?«

Der dunkle Ton seiner Worte passte zu dem anzüglichen Grinsen, das seinen Mund umspielte. »Nein, Herr Doktor! Wie es aussieht, stehe ich Ihnen voll und ganz zur Verfügung.«

Kurzzeitig verdunkelten sich seine Pupillen. »Gefährliches Spiel, kleine Lady. Aber eines, das mir gefällt.«

Schon jetzt bekam sie kaum noch Luft und folgte ihm zum Parkplatz. Seine Ankündigung verschwand unter einem unschuldigen Lächeln. »Keine Sorge, ich habe an alles gedacht. Du wirst es mögen.« Während er den Autoschlüssel aus der Hosentasche kramte, zwinkerte er ihr frech zu.

Sie waren bereits einige Minuten unterwegs. Allmählich wurde sie neugierig. »Du kennst dich hier aus?« Ihre Stimme klang nervös.

»Kein Grund zur Aufregung. Ich war schon öfter hier.« Dieser Satz hing einfach so in der Luft. »Eifersüchtig? Das macht mich an.« Mirko genoss die spontane Empörung, die sich sofort in ihrem Gesicht breitmachte. »Vielleicht sollte ich dich zappeln lassen? Verdient hättest du es.« Er machte eine gespielte Pause. Während sie nach Luft schnappte, erklärte er: »Nicht weit von hier gibt es einen kleinen, gut versteckten See mitten im Wald. Ein echter Geheimtipp.«

»Was wird das? Eine Entführung, ähnlich einer Dark Romance?«, fragte sie genervt.

Mirko blinzelte. »So, du bist also belesen. Hätte ich mir denken können. Interessant.« Er drehte den Kopf, schien nachzudenken. »Schade, dass du mir deine Lieblingsbücher vorenthalten hast. Ich meine mich zu erinnern, danach gefragt zu haben.«

»Weshalb hätte ich die erwähnen sollen? Das macht doch keinen Sinn.« Ihre Mundwinkel sanken nach unten.

»Irrtum, Kleines. Zu wissen, welche Texte dich inspirieren, kommen einem Wegweiser gleich.«

»Wozu? Damit du ein Drehbuch daraus stricken kannst, a la *Fifty Shades of Grey?*«

Mirko lachte. »Nein, ganz sicher nicht. Hältst du mich für so fantasielos?« Lisa errötete und hielt den Atem an. »Außerdem habe ich dir gesagt, ich stehe nicht auf Schmerz.«

»Und fügst ihn deshalb auch nicht zu, habe es nicht vergessen.« Jetzt suchte sie seinen Blick. Ihren Ärger zu verstecken, die Mühe machte sie sich gar nicht erst. »Glaube ich nicht«, sagte sie leise.

»Was?«

»Das mit dem Schmerz.«

»Marie, Schmerz ist eine Frage der Definition. Genauso, wie vieles im Spiel der Leidenschaft.«

»Da kennst du dich aus?«

»Muss ich, der Medizin wegen.«

»Ach?« Misstrauen bemächtigte sich ihrer Stimme.

»Nur Geduld, die Nacht ist noch lang«, fügte er hinzu und konzentrierte sich auf die Straße.

War er sich seiner Sache nicht mehr sicher?, fragte sie sich, während sie ihn beobachtete. Schließlich hatte er sie in seine Pläne nicht eingeweiht. Er ging eben davon aus, sie würde ihm folgen.

Dann bog er in einen, nicht von der Straße einsehbaren Waldweg ein und parkte ganz rechts am Rand. Er stieg aus, ging zum Kofferraum, holte zwei große Taschen heraus und verschloss den Wagen. Lisa war sichtlich erstaunt. Dennoch half sie ihm tragen. Wortlos folgten sie dem schmalen Waldweg.

Seine offensichtliche Vorbereitung faszinierte sie zwar, passte jedoch nicht zu seinen Sätzen während der Fahrt. Je weiter sie in den Wald gingen, desto kümmerlicher wurde das, was ihr Hirn an Brauchbarem zur Verfügung stellte. Noch nie in ihrem Leben hatte sich ein Mann solche Mühe gegeben, der sie gleichzeitig verunsicherte. Die Überraschung war ihm in jeder Hinsicht gelungen. Irritiert sah sie ihn an.

Oh man, den willst du behalten? Die Frage ihrer inneren Nervensäge folgend, bekam sie weiche Knie. Trotzdem, ja, will ich, setzte sie mutig entgegen. Ich werde jede Minute dieses Ausfluges genießen, so, als wären das die letzten Stunden meines Lebens. Es ist mir verdammt nochmal gleich, wohin heute Nacht die Reise geht.

Ihrem wild schlagenden Herzen zum Trotz, verselbständigten sich ihre Gefühle. Ganz gleich, wie groß der Zweifel auch war, Mirko hatte mit seinem Plan voll ins Schwarze getroffen.

Als sie näher kamen, schimmerte das Azurblau des Wassers durch die Bäume. Die kleine versteckte Lichtung, ähnlich einem norwegischen Fjord, war ein unbeschreiblich schönes Bild. Wie aus einem Ölgemälde gestohlen, lag der See vor ihnen. Sein Wasser schien unberührt und der Himmel spiegelte sich in ihm. Mit seinen grünen Wiesen hätte er für ein gefeiertes Stillleben Pate stehen können. An Faszination kaum zu übertreffen.

»Woher weißt du von diesem atemberaubendem Flecken?« Lisa konnte kaum ihren Blick abwenden.

»Beutel, von wem sonst?«, antwortete er. Dabei strich er ihr sanft den Nacken entlang. Ihre strahlenden Augen ließen ihn den Zwist der Anfahrt vergessen. »Der kennt Orte, an denen man ungestört seine Zeit verbringen kann. Ich sagte dir doch, er ist einmalig.«

»Dass es der Typ faustdick hinter den Ohren hat, wusste ich bereits beim ersten Blick.« Stirnrunzelnd sah er sie an.

»Wie meinst du das, hinter den Ohren haben?«

»So manche Redewendungen sind dir noch nicht geläufig. Macht nichts, erkläre ich dir später.«

Jetzt war es an ihr, unverschämt zu grinsen. Ohne mit der Wimper zu zucken, strich er die Waffen. Hand in Hand schlenderten sie zum Ufer des Sees und suchten einen geeigneten Platz, an dem man andere Wanderer sehr früh sah, doch selbst unsichtbar blieb. Sie stellten die Taschen ab und er öffnete sie. Was da so alles zum Vorschein kam, erinnerte sie an ihren letzten Campingurlaub. Alles dabei, was man für ein paar Stunden im Freien benötigte.

»Ich bin beeindruckt«, entfuhr ihr. »Du hast an alles gedacht. Es dürfte uns an nichts fehlen.«

»Keine große Sache«, wiegelte er ab. »Ich habe dir doch das Bild von der Flussaue gezeigt. Mit meinem Großvater war ich so manche warme Sommernacht mit der Angel und anderen schönen Dingen auf Wiesen wie dieser beschäftigt. Ich weiß, was man hierfür unbedingt dabeihaben muss.«

»Andere schöne Dinge?« Er nickte frech. »Und Angeln. Da stellt sich mir die Frage: Was du so alles gefangen hast? Ich hoffe, du möchtest heute Nacht nicht wirklich angeln«, fügte sie leise hinzu.

Mirko hatte nicht ein Wort gesagt, ebenso war seine Mimik vollkommen neutral geblieben. »Nein, höchstens dich«, erklärte er endlich und zog sie in seine Arme. Seine fordernde Zunge eroberte ihren Mund. Über ihre Haut zog sich ein Schauer und versprach eine unglaubliche Nacht. »Vor dem Morgengrauen werden wir uns nicht auf den Rückweg machen.«

Die brennende Sehnsucht ließ sie nur noch ein Nicken zustande bringen.

»Gehst du mit mir schwimmen?«, fragte er und gab sie frei.

»Ich sehe keine Badehose«, hauchte sie.

»Wozu? Die wäre mir ohnehin zu eng.«

Das kühle Wasser bescherte ihr eine Gänsehaut. Bevor sie sich darüber ärgern konnte, schoben sich seine Arme um ihre Taille. »Geduld, ich glaube dir wird gleich ziemlich heiß werden.«

Seine Ausstrahlung zeigte seit einigen Sekunden den autoritären Verführer. Noch versuchte ihr Ego auf Abstand zu gehen.

»Wenn ich mich richtig erinnere, verlangt es dich nach einem hemmungslosen Rollentausch.«

»Mr. Grey, da liegen Sie falsch«, knurrte sie und schnappte nach Luft.

»Mr. Klepic, Lady Marie. Wir wollen doch bei der Realität bleiben.« Sie spürte ihn im Nacken. Das diabolische Grinsen brauchte sie nicht zu sehen. »Was meinst du, soll ich mir deine Frechheiten gefallen lassen?« An ihrem Hintern spürte sie ihn hart werden. Vergebens versuchte sie sich aus seinen Armen zu winden. »Der Typ ist nicht meine Kragenweite. Absolut toxisch, zu wenig Fantasie und nur Grobheiten im Hirn, nein, du hast etwas Besseres verdient.«

»Keine Strafe also?«

Erneut lachte er. »Nein.« Ihr stockte der Atem. »Jetzt will ich dich einfach nur besitzen. Nicht zu wissen, was mir für deinen ungezogenen Vergleich mit diesem BDSM-Kerl für eine Revanche einfällt, ist für dich im Augenblick Buße genug. Obendrein befindet sich mein Gehirn unterhalb der Wasserlinie.«

Er ging einen Schritt zurück und ließ sich mit ihr ins Wasser gleiten. Sie verlor den Halt. Jetzt lag sie an seiner Brust. Mirko stellte sie auf die Füße, drehte sie um und hob sie über seine Hüften. Er zog sich unerbittlich zwischen ihre Beine und setzte sie schmerzlich in Brand.

Oh, Gott, weshalb musste ich ihn ausgerechnet mit Grey auf eine Stufe stellen? Das lässt sich ein Klepic nicht bieten.

Dann existierte ihr Gehirn nur noch, um ihren heißen Körper zu steuern. Eine Gischt von Wassermassen umspielte ihren wilden Akt und endete in einer Fontäne.

Eingewickelt in ein großes Handtuch saßen sie später aneinander gelehnt und ließen sich von der wärmenden Sonne verwöhnen.

»Wollen wir etwas essen?«

Ohne eine Antwort abzuwarten, öffnete er die Tasche. Sprachlos sah sie ihm zu. Es war keine dreißig Minuten her, dass sie gemeinsam in einem gigantischen Höhepunkt versunken waren. Jetzt wirkte er unschuldig, so als könnte er kein Wässerchen trüben. Sie konnte es kaum glauben.

»Was hast du noch alles mitgenommen? Sogar an ein Tischtuch hast du gedacht. Ich frage mich, wo du das alles herhast?«

»Verrate ich dir nicht«, erklärte er geheimnisvoll.

Inzwischen wirkte Mirko in sich gekehrt, kein freches Grinsen, echtes Nachdenken, Lisa schwante Böses.

»Vielleicht sollten wir reden, bevor wir uns in neuem Verlangen verlieren?«

Sie erschrak so heftig, dass er sofort nach ihrer Hand suchte. »Oder uns der Appetit vergeht.«

»Nein, so nicht. Du bist das Beste, was mir seit langem begegnet ist. Ich fürchte, es wird auch für sehr lange Zeit so bleiben. Oder es geschieht nicht noch einmal. Bedauerlicherweise bist du nicht nur meine Traumfrau, sondern auch meine Patientin, die mir mindestens genauso am Herzen liegt. Ich muss dringend darüber nachdenken, wer mir am wichtigsten ist. Beide kann ich leider nicht behalten. Das darf ich nicht.«

So, das hast du nun davon, blöde Kuh, plärrte Miss Wichtig in ihrem Kopf.

Sie fühlte seinen Arm, der sich um ihre Schulter schmiegte. Eine Zeit lang schwiegen sie.

»Ich möchte dich einfach nur verwöhnen. Eine Frau wie dich gab es in meinem Leben noch nie. Trotzdem habe ich Sorge vor dem, was morgen kommt.«

Das klang so ehrlich, dass ihr ein Schauer über den Rücken rollte. Ihre Finger suchten seine.

»Ich bin nicht so naiv, dass ich nicht weiß, was dich umtreibt. Seit mich deine Ausstrahlung eingefangen hat, habe ich die Zukunft ausgeblendet. Mit dem Konflikt hatte ich schon Donnerstagmorgen gerechnet. Keine Ahnung, wie es weitergehen soll. Wenn du mich fragst: Wovon ich träume? Einfach in der nächsten Woche dort weitermachen, wo wir heute Nacht aufhören. Realitätsfremd, niemand kennt meinen Gesundheitszustand besser, als du.« Sie schluckte und blickte auf den See. »Ich will keinem zur Last fallen. Dass jemand Probleme hat, die noch weitaus größere Auswirkungen auf seine Zukunft haben, daran hätte ich nicht im Traum gedacht. Du hast von mir immer Aufrichtigkeit erwartet. Ich habe keine Angst dich zu begleiten, egal, wohin es dich zieht. Vielleicht bin ich verrückt. Oder ich habe mich verliebt.«

Dann versagte ihr die Stimme. Mirko sah ihr wie gebannt in die Augen. Still und behutsam nahm er sie in seine Arme und hielt sie fest.

»Ich werde eine Entscheidung treffen, versprochen«, sagte er sanft. »Wir müssen es auf uns zukommen lassen. Bis dahin genießen wir jede Minute, die uns bleibt. Hier und jetzt ist alles, was zählt. Der Rest wird sich finden.«

Das Gefühl, die Entscheidung war längst gefallen, nagte an ihr. Sie schluckte die Enttäuschung hinunter. Zeit, sich seinem Versprechen anzuvertrauen. Auch wenn es der größte Fehler ihres Lebens war. Zumindest die von ihm angestachelte Leidenschaft würde ihr bleiben.

Wenig später genossen sie das ausgiebige Picknick, dem es an nichts fehlte. Selbst eine Flasche Rotwein, inklusive Gläser, hatte er dabei. Zurücklehnen und sich wohlfühlen, die wärmende Flüssigkeit tröstete sie.

Ganz nah beieinander beobachteten sie die langsam untergehende Sonne. Mirko legte sie zurück auf die Decke.

»Schließe deine Augen«, flüsterte er.

Seine erfahrenen Fingerkuppen strichen über ihre zitternde Haut. Denken konnte sie schon lange nicht mehr. Ihr Schmerz war mit der Sonne im See versunken. Seine Stimme wurde unendlich sinnlich.

»Stell dir vor, wir sind in der Karibik. Durch dein Haar streichelt ein sanfter Abendwind. Der Sand unter deinem Körper ist warm und weich wie dein Federbett. Rauschend rollen Wellen auf den Strand und überspülen zärtlich deine Beine. In der Ferne hörst du Möwen schreien.« Er machte eine Pause. Sie war ihm mit dem ersten Wort in die Ferne gefolgt. »Ich verspreche dir, genauso wird es sein. An solch einem Strand werden wir den Sonnenuntergang genießen. Bis die Sonne aufgeht, wirst du mir gehören, genau wie jetzt.«

Alles hätte sie in diesem Moment gegeben, um ihm diese Worte zu glauben.

»Wir verschieben das Danach«, hatte er am Mittwochabend angeboten.

Als er sich liebevoll über sie beugte, küsste er die Tränen von ihren Wangen. Die hatten sich während der schönen Illusion in ihre Augen geschummelt. Sanft schob er sich in sie, verharrte, liebte sie ähnlich dem seichten Wellengang, den er beschrieben hatte.

»Und wenn es das Letzte ist, was ich in meinem Leben tue«, murmelte sie und ergab sich seiner Kraft.

Kapitel 13

»Und jetzt sitze ich hier.« Seufzend strich sich Lisa eine Haarsträhne aus dem Gesicht.

Kirsten saß mucksmäuschenstill, nippte an ihrem Weinglas und hing an ihren Lippen. Nach ihrer Rückkehr war jedem die Veränderung an Lisa aufgefallen. Natürlich hatte sie über die Gründe geschwiegen, abstreiten kam nicht infrage. Ihre Ausstrahlung musste so überzeugend gewesen sein, dass selbst Timo Carson auf Abstand ging.

Er hatte ihr ein Memo geschrieben, in dem er sie bat, ihr neu gewonnenes Wissen zusammenzufassen. In einem Vortrag gebündelt, sollte die gesamte Abteilung einen Umsetzungsplan erhalten. Völlig perplex hatte sie vor ihm gesessen.

»Der nimmt mich zum ersten Mal ernst«, hatte sie geschimpft, als sie aus seinem Büro kam.

»Das wolltest du doch immer.« Kirsten war erschrocken mit ihrem Stuhl um den Schreibtisch gerollt.

Es dauerte nicht lange, und sie hatten in der Cafeteria gegessen. »Lisa, deine Augen sind ein einziges Leuchten. Schätzchen, in deinem Gesicht liegt die Sehnsucht einer ganzen Nation.« Kirstens Neugier war verständlich.

»Was, wenn ich gar nicht so viel Wissenwertes mitgebracht habe? Wenigstens nicht genügend für unseren Haufen«, hatte Lisa ablenkend gemurmelt.

Dann war es ihr Kummer, der von ihr verlangte, ihn sich von der Seele zu reden. Deshalb saßen sie heute Abend gemeinsam in Kirstens Lieblingsbar.

»Was hast du denn nun vor?«

Lisa zuckte mit den Schultern. »Ich überlege, ob ich den Termin in zwei Wochen absagen soll. Es gibt sicher noch eine andere Klinik, die …« Sie verstummte und stierte an die Wand.

»Bist du bescheuert? Auf keinen Fall wirst du das tun.«

In kurzer Zeit hatte sich zwischen ihnen eine Freundschaft entwickelt, wie ihr jetzt bewusst wurde.

»Mirko zu begegnen, die Gefahr, dass alles nur ein Spiel gewesen ist«, schniefte sie. Kirsten strich ihr über die Hand und nickte. Lisa kramte nach einem Taschentuch. »Dabei haben wir es so abgesprochen, bevor er abgereist ist. Wie könnte ich von ihm verlangen, eine Wahl zwischen Liebe und seiner Verantwortung, als behandelnder Arzt zu treffen? Verdammt!« Sie griff nach ihrem Glas und kippte es hinunter. »Ich möchte mich einfach nur volllaufen lassen.«

»Das machen wir, Liebes. Ich bringe dich nach Hause, versprochen. Aber nur unter einer Bedingung.«

»Welche?«

»Dass du am Dienstag zur Untersuchung gehst.« Kirstens Gesicht hatte denselben Ausdruck, wie der von Mirko.

Sie wischte sich die Augen. »Einverstanden.«

Kirsten hob die leere Flasche, als sie nach der Bedienung rief.

Der Flur wirkte endlos vor ihrem flatternden Blick. Ihr Herz stolperte, sobald sich irgendeine Tür öffnete. So viele Male hatte sie hier mit rasendem Puls gesessen, nervös in jede Richtung schauend, immer in der Erwartung, Mirko um die Ecke biegen zu sehen.

Jede Minute, die sie wartete, wurde zur Ewigkeit. Anders als sonst war der Wartesaal leer. Das hätte sie warnen müssen, doch ganz gleich, wie sehr sich die Stimme in ihrem Kopf bemühte sich Gehör zu verschaffen, sie verschloss sich.

»Frau Plummer!«

Der Aufruf der Stimme aus dem Lautsprecher ließ sie zusammenzucken. Dass es offenbar eine andere Schwester war, die sie empfangen würde, schickte ihren Mut ins Bodenlose. Ihre Beine begannen zu zittern, als sie sich der offenstehenden Tür näherte. Sie betrat das Sprechzimmer und spürte, heute war alles anders.

»Guten Morgen. Bitte nehmen Sie Platz«, hörte sie die fremde Stimme einer rothaarigen Krankenschwester. »Doktor Müller ist sofort für Sie da.«

Einen Doktor Müller hatte sie hier noch nie gesehen. Als sie sich umdrehte, betrat ein etwa fünfzig Jahre alter Mann den Raum. Lisa hielt die Luft an. Es fühlte sich an, als würde sich ihr Herz auf direktem Weg aus ihrem Brustkorb bewegen. Dass ihr Blick wie erstarrt an ihm hing, war dem Mann natürlich sofort klar.

»Keine Aufregung, Frau Plummer. Dr. Klepic hat die Station vor einer Woche verlassen. Jedoch nicht, ohne mich zuvor über ihren Zustand genau zu informieren. Wir werden uns eine zusätzliche Anamnese also sparen und dort weitermachen, wo er aufgehört hat.«

Das sanfte Lächeln im Gesicht des Arztes verfehlte seine Wirkung. Er runzelte die Stirn.

»Aber …« Sie stockte und biss sich auf die Lippe.

»Geht es Ihnen nicht gut?« Besorgt führte er sie zur Liege. Mühsam verbarg sie den Sturm, der sie erfasst hatte. »Danke, es geht schon. Entschuldigen Sie, ich war nur überrascht.«

Die lahme Ausrede sollte ihr peinlich sein. Selbst dazu war sie nicht in der Lage. Ihr Gesicht glühte, als hätte sie es gerade unter eine Rotlichtlampe gehalten.

»Gar kein Problem. Wissen Sie, Patienten mit einer so schwer- und langwierigen Erkrankung reagieren sehr empfindlich auf jedwede Veränderung. Eine sichere Vertrauensbasis ist genauso wichig, wie eine gute Behandlung. Dahingehend hat mich mein Kollege sehr genau instruiert. Sie können sich darauf verlassen, dass ich seine Therapie präzise weiterführen werde.«

In den Augen des Mediziners spiegelten sich seine Worte. Beinahe verführte er sie damit, ihn nach Mirko zu fragen. Mit letzter Kraft gelang es ihr, sich dagegen zu entscheiden.

Es dauerte nur Minuten und sie wusste, dass sie bei ihm ebenso gut aufgehoben sein würde, wie zuvor bei Mirko.

Hat er ihn extra für mich ausgesucht?, fragte sie sich, als sie das Sprechzimmer verließ. Eine schöne Vorstellung, säuselte die Stimme in ihrem Kopf. Eigenartigerweise schwieg sie bisher.

»Tue dir selbst einen Gefallen, und lass ihn ziehen Lisa. Es ist besser so«, murmelte sie und eilte aus der Klinik.

Resigniert zog sie die Schultern hoch. Die Tränen ließ sie einfach laufen.

Kapitel 14

»Drei, vier ...« Lisa keuchte. »... Mann, die scheiß Kartons müssen doch irgendwo sein?«

Seit zwei Tagen war sie bis über den schwarzen Haarschopf in die Geschichte der Stadt eingetaucht. Obwohl sie glaubte, nichts von dem zu wissen, was sie hätte erklären sollen, war es ihr gelungen, eine beachtliche Liste an Veränderungen vorzustellen. Die mitgebrachten Aufzeichnungen des Dozenten waren zum Glück sehr ergiebig und hervorragend ausgearbeitet.

Niemand, am wenigsten Carson, hatte gemerkt, dass es nicht ihre eigenen Erkenntnisse waren. Nur Stunden später stand sie erneut in Timos Büro. Wie der erklärte, dass sie ab sofort die freie Stelle im Hauptarchiv übernehmen sollte, erstaunte sie noch immer.

Kirsten war zwar der Meinung, Sabine musste in Ungnade gefallen sein, doch das war ihr herzlich egal. Lisa hatte sich artig bedankt, ihre Sachen gepackt, das Büro geräumt, um dann ins Hauptarchiv zu wechseln. Die Freude über die Erfüllung diese Traumes hatte ihr geholfen, die Sehnsucht nach Mirko verblassen zu lassen. Seitdem steckte sie in Arbeit.

»Es ist richtig«, hatte ihre neue Freundin gemeint. »Jedes neue Schriftstück wird deine Trauer lindern. Vertraue mir.«

»Nach dem Mittag muss ich es von der anderen Seite versuchen«, knurrte sie, zog die Kisten vom Tisch und wankte in Richtung Tür.

Ausgerechnet heute war der Lift außer Betrieb. So blieb ihr nur der Weg durchs Treppenhaus. Mühsam schob sie mit dem Fuß das schwere Türblatt auf. Nur einen Schritt auf den Flur und ihre Nase umspielte ein Duft, der hier nicht sein dürfte.

»Darf ich dir etwas abnehmen?«

Bevor sie irgendwie reagieren konnte, lösten sich ihre Hände von den Kisten. Wie in Zeitlupe verfolgte sie die rutschenden Kartonagen, die urplötzlich von zwei Armen aus dem Schatten der Wand aufgefangen wurden.

»Dachte ich mir, viel zu schwer.«

In ihr raste ein Vulkan. Ruckartig drehte sie den Kopf. Mirko beugte sich gerade nach unten und stellte die Kartons auf dem Boden ab.

Was sich in den nächsten Minuten abspielte, das zu begreifen, dagegen wehrte sich ihr Hirn. Es dauerte zwei Stunden, in denen sie ihre Arbeit beendete, zum Ausgang eilte und zu Mirkos Wagen ging, in dem er tatsächlich geduldig wartete.

In wenigen Sätzen hatte er ihr erklärt, wie seine Entscheidung ausfiel. Die freie Stelle des Oberarztes der Kinderchirurgie war bereits vakant, als er zum Kongress fuhr. Er hatte sich eine Bedenkzeit erbeten.

»Wie soll ich es erklären«, hatte er leise gesagt. »Du bist mir damals nicht aus dem Kopf gegangen. Hätte ich den Posten gleich angenommen, wären wir uns weder in der Sprechstunde noch während des Seminars begegnet. Na ja, ich musste unbedingt mit den Jungs darüber sprechen. Ich hatte die Hoffnung, sie könnten mir helfen.«

Anders, als sie es von ihm bisher gewohnt war, hatte er zerknirscht und nervös auf seiner Lippe herumgekaut. »Ich habe dir versprochen, immer ehrlich zu sein.«

»Du hast den berühmten Kompromiss gewählt«, hatte sie ihn lächelnd beruhigt. Der Rest war nichts als eine Formalität. »Wer hat dir zu diesem Schritt geraten? Wenn ich das richtig verstehe, hast du mit jemandem gesprochen, bevor wir ins Restaurant gegangen sind?«

Mirko hatte genickt. »Beutel, mein bester Freund. Du musst ihn dringend privat kennenlernen.«

Sprachlos hatte sie an seinen Lippen gehangen.

Jetzt, wo sie neben ihm saß, war sie bereit, sich seinem Plan zu fügen.

»Wie hast du es geschafft, mich hier zu finden?«

»Schon vergessen? Ich höre sehr genau zu.« Mirko schmunzelte, reagierte nicht einmal auf ihr zu erwartendes Augenverdrehen.

»Weiß ich, was nicht bedeutet, dass du so ohne weiteres einfach ins Hauptarchiv spazieren kannst. Die sind da nämlich ziemlich pingelig.«

»Oh, ich kann sehr überzeugend sein. Da gab es eine Rothaarige ...«

»Kirsten, so, so, da habe ich mit dem Schätzchen wohl ein Hühnchen zu rupfen.« Er kniff die Augen zusammen. Das tat er immer, wenn er sie nicht verstand. Kein Grund darauf einzugehen. »Du hattest echt Glück. Die Sekretärin meines

Chefs ist meine beste Freundin. Wo wollen wir denn hin?«, fragte sie endlich.

»Überraschung!«

Sie zog eine Schnute. Er musterte sie und holte den Bad Boy auf seine Wangen.

»Wir haben noch einen offenen Rollentausch vor uns, kleine Lady.«

Der heftige Schreck konnte das tiefe Verlangen in ihr nicht verhindern. Seine Wirkung war eine Tatsache, die ihm sichtbar gefiel. Nur eine halbe Stunde dauerte es, dann erreichten sie eine kleine Reihenhaussiedlung. Hübsch gelegen, in einer stillen abgelegenen Ecke der Stadt.

»Da drüben, im vorletzten Haus, wohnt Beutel mit seiner Familie. Die werden wir besuchen.«

Lisa klappte der Mund auf. »Du willst doch nicht jetzt ...?«

»Nein, er hat Nachtdienst«, erklärte er und schloss die Haustür auf.

Seine Einrichtung erstaunte sie. Modern, etwas schlicht, aber sehr passend für einen Mann auf der Durchreise. Er verfolgte ihren Blick.

»Bin erst vor sechs Wochen eingezogen«, murmelte er, trat hinter sie und schob seine Arme um ihre Taille.

Augenblicklich erwachte das Verlangen. Ganz gleich, was sie eben noch dachte, jetzt war sie sicher, es gab kein Zurück.

»Schön, dass sich dein Körper an mich errinnert. Dabei wollte ich zunächst einmal für dich kochen. Aber ich glaube, wir naschen erst und kochen später.«

Allein die Ankündigung versetzte ihren Puls in Rage. Ihre Atmung vervielfältigte sich und die Beine verwehrten ihren Dienst. Mirko erkannte den Sturm, der sie abrupt überfiel.

Sanft hob er sie auf seine Arme und trug sie durchs Haus. Vor der Schlafzimmertür stellte er sie auf ihre Beine.

Er betrat vor ihr den abgedunkelten Raum. Ihr Herz machte einen Satz. Ehrfürchtig wanderte ihr Blick an den anthrazitfarbenen Wänden entlang. Mirko direkt anzusehen wagte sie im Augenblick nicht.

»Sieh mich an«, flüsterte er. Sie erschrak, schon wieder hatte er ihre Gefühle gelesen. Seine Ausstrahlung passte sich dem sehr speziellen Flair an.

Ihre Knie zitterten. Erneut wurde ihr bewusst, wie groß der Mann war. Er schob seine Hände über die Brust und öffnete die Knöpfe des dunklen Hemdes.

»Trau dich, komm näher und sieh dich um.«

Endlich verlor sich ihre Starre und langsam folgte sie der sanften Einladung. Das quadratische Schlafzimmer verfügte, wie der Rest des Hauses, über eine spartanische Einrichtung. Mehr nahm sie in der Düsternis kaum wahr. Mit jedem weiteren Schritt gewöhnte sie sich an die Lichtverhältnisse. Jetzt konnte sie die Wände klar erkennen. Den Farbton hatte sie richtig eingeschätzt. Sie mochte bunte Farben, dennoch rang ihr dieses ganz besondere Ambiente ein Staunen ab. Außer einem silbernen Kerzenhalter an jeder Seite, befand sich auf der Tapete nichts.

Mit einem zarten Griff um ihren Nacken schob er sie vor sich her.

»Sonst stehen wir heute Abend noch hier«, raunte er. Noch immer klang seine Stimme zärtlich.

Adrenalin zog dennoch durch ihre Adern. Nur Zentimeter und sie blieben vor einem breiten Bett, eingefasst von einem schwarzen Metallrahmen, stehen. Weinrote Laken leuchteten im fahlen Licht, das vom Flur hereinschien. Im Augenwinkel beobachtete sie ihn, wie er der Wand folgend, sämtliche Kerzen anzündete.

»Wow«, entfloh ihr.

»Gefällt es dir?«

Bei diesem Anblick verschlug es ihr endgültig die Sprache. Schwarze Satinkissen vervollständigten eine Atmosphäre, die ihr die Luft raubte. Bizarre, sanfte Lichtspiele, von den Flammen hervorgerufen, tauchten den Ort in magische Schatten. Sie folgte seinem Blick. Der verfing sich an einer Art Gestell unterhalb der Decke, direkt über dem Bett. Die aufgewickelten Ketten brachten ihren Puls an die Grenze des Erträglichen.

Seine Finger lösten sich von seinem Hemd. Raschelnd sank es zu Boden. Jetzt berührte sein Mund ihr Haar. Suchende Hände verbanden sich mit ihren. Der zarte Druck erlaubte es ihr, sich vom Fleck zu rühren.

Gemeinsam schritten sie durch sein geschätzt fünf mal fünf Meter großes Reich. Die rechte Wand bestand im Grunde aus Fenstern, verhüllt von grauen Samtvorhängen. Die verbargen zuverlässig, was sich hier abspielte. Neben der Tür reihten sich drei flache Holzschränke aneinander. Ihre rabenschwarzen Beschläge setzten sich vom Dunkelbraun des alten Holzes ab.

Vorsichtig legte sie ihre Hand auf die Oberfläche.

»Du bist ein zauberhaftes Geschenk, Marie«, hörte sie ihn hinter sich flüstern. »Ich bin so froh, dass du mir vertraust.«

Lisa atmete schwer, zog seinen Duft tief in ihre Lunge. Die Wärme seines Körpers beruhigte allmählich ihr wild schlagendes Herz. Pures Glück, wie eine Welle überrollte es sie und ließ sie schlucken.

»Was hältst du davon, wenn du dir den Inhalt der Schubladen ansiehst? Derweil verschwinde ich kurz im Bad.« Die kurze Auszeit war bereits wieder Geschichte. Schon schoss ihr der Puls in die Höhe. »Bin gleich zurück.«

Dann hörte sie die Tür. Stille, unfähig einer Bewegung stierte sie auf die unschuldig wirkenden Kommoden.

Mach schon!, kommandierte Miss Nervig, ehe er zurückkommt!

Der Tonfall, den Mirko annahm, bevor er sie allein ließ, bekam eine Nuance von Dunkelheit und ließ ihr Blut langsam gefrieren. Gleichzeitig raste ihr eine gewaltige Hitzewelle über die Haut.

Mit pochendem Herzen zog sie die oberste Schublade ein Stück heraus.

»Oh«, murmelte sie.

Erschrocken sah sie zur Tür. Der Faszination der exakt übereinander liegenden Schals und Tücher konnte sie nicht widerstehen. Atemberaubend, das Gefühl, als ihre Fingerkuppen über die Stoffe glitten. Direkt daneben reihten sich diverse Paare von Handschellen. Jedes verpackt und in verschiedenen Ausführungen. Sie ahnte, welche Rolle die bereitgelegten Kabelbinder spielten.

Gerade wollte sie die nächste Lade öffnen, da spürte sie seinen Atem im Nacken. Den Schreck küsste er weg. Er musste den Schritt einer Katze haben, einer gefährlichen Raubkatze, ganz sicher. Dennoch lehnte sie sich an ihn. Seine Arme griffen um sie herum.

»Hast du etwas gefunden, mit dem du mich zu deinem Spielzeug machen kannst?«

»Ich? Du?« Fragend hing sie an seinen sinnlichen Lippen.

»Natürlich, alles was du wählen wirst, steht dir zur freien Verfügung. Ich kann mir denken, diese Rolle mit Leben zu füllen, wird dir mehr abverlangen, als mir, wenn wir anschließend die Perspektive wechseln.«

Lisas Schlucken musste er hören, anders konnte es nicht sein. Wie ein Wasserfall dröhnte der Reflex in ihren Ohren. Sie senkte den Blick. Mirko hob ihr Kinn und küsste sie. Es dauerte tatsächlich, ehe sie wenigstens etwas Fantasie aufbringen konnte.

»Du bist ein unglaublich schönes Spielzeug«, sagte sie leise.

Er saß in devoter Haltung auf einem Lederhocker, mit schwarzen Ledermanschetten am Bettgestell fixiert. Es war der Kompromiss, den er lächelnd befolgte. Das heruntergelassene Kettensystem für eine Fesselung, hatte sie sofort abgelehnt.

»In Ordnung, verschieben wir es für heute«, war eine Ankündigung, die ihr gehörig zusetzte.

Der atemberaubende Ausdruck seiner Augen fraß sich durch ihre Blutbahnen. Die Gefühle, die sie einholten, zu beschreiben, wäre ihr nicht in hundert Jahren gelungen. Als sie sich endlich erlaubte, sich dem kolossalen Flair dieser Szene hinzugeben, gab es kein Halten mehr.

Nur mit einem roten Lederslip bekleidet, den sie gewählt hatte, hielt er ihren Blick fest. Sich völlig in ihre Hände begebend, genoss er jede Minute, in der ihm die Verantwortung abgenommen wurde. Es genügte ihr ein Blick auf seine Mitte, um zu erkennen, wie sehr ihn die Situation erregte.

Lisa streifte schwarze Seidenstrümpfe über ihre Beine. Das

Outfit einer Domina, ebenso das des Doms wirkte geradezu unschuldig, gegenüber sonstigem Accessoire, das in seinen Schubladen auf einen Einsatz wartete. Vieles, was durch ihre Hände ausgiebig begutachtet wurde, hatte sie noch nie zuvor gesehen. Dennoch hielt sie nichts davon für eine schmerzhafte Züchtigung geeignet. Reitgerten, Paddle, verschiedene Knuten, die sie aus diversen Romanen kannte, fehlten in seiner Sammlung.

»Keine Schläge«, hatte er erklärt. »Körperlichen Schmerz zur Lustgewinnung lehne ich ab.«

Sein stechender Blick hatte sie aus ihrer Grübelei geholt. »Bist du bereit? Alles, was du jetzt tust, wird sich anschließend wiederholen.«

Ihr Mund war ihr aufgeklappt. »Du meinst, wir werden die Rollen tauschen?«

»Keine Scheu, Kleines. Damit es nicht zu eintönig wird, beginne ich beim nächsten Mal.«

Mirkos diabolisches Lachen war ihr durchs Gemüt gefahren. Doch da war es längst zu spät. Ihr Körper bestimmte von nun an die Spielregeln. Denen würde sie sich bedingungslos unterwerfen.

Der Geruch und das Gefühl des weichen Leders weckte inzwischen ihre Neugier auf seine Reaktion. Automatisch kehrte die Lust zurück, hüllte sie ein wie ein Mantel. Ein enger Body straff über ihrem Busen und Hintern gebunden, erlaubten ihm einen perfekten Blick. Nichts davon konnte er ohne ihre Erlaubnis erreichen.

Kein einziger Gedanke an die Narben. Seit sie in die neue Rolle schlüpfte, waren die nicht mehr existent. Sie zog die langen schwarzen Handschuhe bis zur Schulter. Lasziv grinsend näherte sie sich ihm und entlockte ihm ein tiefes Stöhnen. Allmählich erkannte sie den Reiz der erotischen Macht, die er ihr in die Hände legte. Zum ersten Mal sah sie, wie sich die Brustwarzen eines Mannes steif aufrichteten, sich Gänsehaut langsam über seine Muskeln ausbreitete und zarte Schweißperlen auf seiner Stirn erschienen.

Unglaublich aufregend und verboten heiß, dabei hatte sie aus Sorge über ihre Unerfahrenheit nichts weiter gewählt, als die Kleidung und die Handschellen. Dass das Wenige genügte, um Mirko in ein willenloses Toy zu verwandeln, schickte ihr heftige Lust zwischen die Netzgitter bedeckten Beine.

Er genoss sichtlich ihre zarte Behandlung. Unabhängig davon, wie sehr sie die Situation überforderte, steigerte sich ihr Verlangen nach dem Körper, der ihr ohne Hindernis zur Verfügung stand.

Sie trat neben ihn, hob seinen Kopf, senkte ihre Lippen an sein Ohr und flüsterte lüstern: »Würde es dir gefallen, wenn ich mich von hier aus entlang deiner unglaublichen Muskelstränge nach unten vorarbeite?«

Obwohl er etwas zuckte, als sie über seinen Oberschenkel strich, erwiderte er: »Vielleicht hättest du besser gefragt, wie ich mit meinem Spielzeug umgehe, sobald es mir ausgeliefert ist.« Dunkle Augen, die nicht wirklich zu seiner devoten Haltung passten, fixierten sie. »Wir wissen beide, dafür ist es bereits zu spät. Aber ja, es würde mir gefallen. Eine halbe Stunde, dann tauschen wir.«

»Bist du sicher, dass ich dich da schon befreien werde?«, fragte sie rau und näherte sich seinem Schritt.

»Deine Entscheidung. Meine Ausdauer ist groß. Ich wollte nur Rücksicht auf deine zarte Konstitution nehmen.«

Ein Blick in diese Wahnsinns Augen mahnte sie zur Eile.

»Du kannst nicht nur kochen.« Lachend beendete sie ihren Satz.

Mirko grinste schief und legte das Messer beiseite. »Du machst mich zu einem sehr glücklichen Mann, Lisa-Marie.« Erstaunt blickte sie auf. Etwas anderes, als ein hinreißendes Lächeln war nicht zu erkennen. »Wahrscheinlich ist es zukünftig vernünftiger, deinen vollen Namen zu nutzen.«

Wieder dieses Grinsen auf seinem Gesicht, verwegen, verführerisch, es fiel ihr schwer zu atmen. Er trat auf sie zu, nahm sie in seine Arme und vergrub sein Lächeln in ihrem Haar.

»Den werde ich dich während unserer nächsten Session buchstabieren lassen. Das dauert länger.«

Trotz der gewaltigen Gänsehaut, die sich allmählich in ihre Haut einbrannte, senkte sie ihren Kopf auf seine Brust. Langsam hob sie die Augen.

»Abwarten!«

Lisa löste sich von ihm, griff nach der Salatschüssel und stellte sie auf den Tisch.

»Einverstanden, die nächste Runde kann warten. Eine zweite Session kostet schließlich Kraft. Also ist es sinnvoll, wenn wir zuvor essen.« Der dunkle Ausdruck in seiner Miene war kaum zu übersehen. »Wann, sagtest du, musst du morgen früh aus dem Haus?«, fragte er schmunzelnd und drehte sich zum Herd.

Ende

Danksagung

Nach 'Pia', folgt nun 'Lisa-Marie', die zweite Geschichte der Reihe: 'Fire and Night', unter meinem Pseudonym. Ein neuer Weg mit anderen Geschichten.
Aus den einstigen Probeleserinnen wurde inzwischen eine tolle kleine Gemeinschaft. Ich kann mich nur bedanken und hoffen, dass ihr mich auch weiterhin begleitet.

Ebenso danke ich meiner stetig wachsenden Instagram-Communitiy. Ihr habt mich immer wieder ermutigt, diesen Weg zu beschreiten. Es tut gut, neugierige Leserinnen an meiner Seite zu haben.

Besonders freut es mich, dass ich neben Rivkah Charnelat - @rivkah-charnelat, einer ganz lieben Instergram-Freundin und eifrigen Probeleserin, zwei Bloggerinnen gefunden habe. Katharina Kohler - @Kathisleseecke und Mareike Steinberg - @meikis-leseecke, zwei so fleißige Helferinnen, vielen Dank für die tolle Unterstützung.

Auch bei diesem Projekt durfte ich auf die tolle und

unkomplizierte Zusammenarbeit mit der Designerin Florin Sayer-Gabor - www.100covers4you.com zählen. Dieses Cover hat mir ehrlich gesagt den Atem geraubt. Ein ganz großes Dankeschön, liebe Florin.

Wie immer gebührt meinem Sohn ein großes Dankeschön. Die Betreuung der mimosen Technik hat er wie immer perfekt sichergestellt.

Am Ende gebührt mein Dank noch zwei wichtigen Helfe-rinnen. Ich weiß, ihr wollt im Hintergrund bleiben. So sage ich nur leise Danke an die Rotstiftfraktion, die meinen Texten mit viel Fleiß und Geduld den letzten Schliff gab. Vielen Dank für eure Geduld und Hilfe!

Romane unter meinem Klarnamen - Heike Gehlhaar

The Black Rose – Verlangen – Teil 1

© 2022 Heike Gehlhaar

Klappentext:

Du glaubst, dein Körper folgt deinem Befehl? Dann schließe deine Ohren!

In den Weiten der schottischen Highlands erwacht eine dunkle Romanze zum Leben. Polly kehrt nach dem tragischen Verlust ihres Großvaters in die malerische Landschaft zurück, nur um zu erfahren, dass der Familiensitz und die betörende Rosenfarm seit Generationen von einem finsteren Geheimnis umhüllt sind. Alle Hinweise führen zu dem düsteren Schloss des faszinierenden Earl of Gill.

Um das Erbe ihrer Familie zu schützen, schlüpft Polly in die Rolle einer Unbekannten und ergreift eine verlockende Gelegenheit, die sie tief in das Herz des Schlosses MacGill führt. Doch in den Schatten der dunklen Gemäuer lauert eine verführerische und dominante männliche Stimme, die erotische Befehle in die Dunkelheit haucht.

Wer ist dieser geheimnisvolle Unbekannte?

Pollys Welt gerät aus den Fugen, als unerwartete Leidenschaft und sinnliche Versuchungen sie überwältigen. Erotik, die bisher in ihrem Leben keine Rolle spielte, entflammt ihre Sinne und hinterlässt ein berauschendes Verlangen in ihrem Inneren. Als sie schließlich erkennt, wem die verlockende Stimme gehört, die ihren Körper beherrscht, ist nichts mehr so, wie es war.

Begib dich auf eine Reise in die Dunkelheit der Leidenschaft und der Sehnsucht, wo Geheimnisse und Verlangen aufeinandertreffen und die Grenzen zwischen Lust und Liebe verschwimmen. 'The Black Rose - Verlangen' ist der Auftakt zu einer sinnlichen Trilogie, die deine Fantasie beflügeln wird.

Auftakt der Trilogie
Genre: Dark-Romanze
ISBN Softcover: 978-3-384-01841-0 ISBN Hardcover: 978-3-384-01842-7 ISBN E-Book: 978-3-384-01843-4

The Black Rose – Verlangen – Teil 2
© 2023 Heike Gehlhaar
Klappentext:
Du brauchst ihn, wie Sauerstoff für deine Lunge. Nur ein einziger Blick genügt und du vergisst wie man atmet …

Seit Pollys Flucht ließ Ian nichts unversucht, sie in seinen Strudel aus Verlangen und Leidenschaft zurückzuholen. Geschäfte in Mexiko, seine Vorstellung von einer Traumhochzeit und der Titel 'Countess MacGill' bleiben tabu. Stattdessen erfüllt er ihre geheimsten und dunkelsten Fantasien. Schnell lodern die Flammen auf. Heißer und verzehrender, als vor einem halben Jahr.

Als Therese stirbt, tritt der charismatische Engländer Aiden Tayler in Pollys Leben. Gleichzeitig bedrohen die Geister der MacGills Ians Welt und seine Liebe zu Polly. Zwei Welten, die unaufhaltsam zu zerreißen drohen. Wird die sinnliche Liebe zwischen Polly und Ian den Weg zu einer gemeinsamen Zukunft ebnen?

Bist du bereit für eine aufregende Fortsetzung, die dein Verlangen nach Verbotenem und die Sehnsucht nach Liebe in all ihren Facetten wecken wird? Dann tauche ein in die

Welt von Rosen und Gin und erlebe eine heiße Geschichte, die deine Sinne entfachen wird.

Fortsetzung der Trilogie

Genre: Dark-Romanze

ISBN Softcover:978-3-384-03128-0 ISBN Hardcover: 978-3-384-03129-7 ISBN E-Book: 978-3-384-17994-4

The Black Rose – Liebe - Teil 3

Klappentext:

Du hast ihn verloren ... Dein Verstand jubiliert ... Dein Herz blutet ...

Seit dem Weihnachtsfest steht Pollys Welt Kopf. Obwohl Aiden Tayler nur ihr Stiefbruder ist, nutzt sie die Situation, um sich von ihm zu entfernen. Ihr Herz gehört Ian, doch er lebt in Mexiko in den Armen einer anderen. Polly plant, Schottland zu verlassen und in Wien ein neues Leben zu beginnen.

Als Isobel nach Mexiko beordert wird, um Ian aus riesigen Schwierigkeiten zu retten, überschlagen sich die Ereignisse. Ahnungslos gerät sie in die Falle des korrupten Castello-Clans, und das Ende der siebenhundert Jahre alten MacGill-Dynastie scheint besiegelt.

Es liegt in Pollys Händen, das Schicksal zu wenden. Wird sie die richtige Entscheidung treffen?

Bist du bereit für ein Finale, das dich an deine Grenzen führen wird?

'The Black Rose - Liebe' - heißer und dramatischer als je zuvor. Erlebe ein fesselndes Ende, das alle Erwartungen sprengt. Für Frauen zwischen zwanzig und fünfzig Jahren, die das Verlangen nach Verbotenem und die Sehnsucht nach Liebe in all ihren Facetten kennen.

Erscheint im Herbst 2024
ISBN Softcover:978-3-384-03128-0 ISBN Hardcover: 978-3-384-03129-7 ISBN E-Book: 978-3-384-17994-4

Florentina - Liebe fragt nicht © 2022 Heike Gehlhaar

Die zauberhafteste Liebesgeschichte seit es Romanzen gibt.
Diese wunderschöne Rezitation ist aussagekräftiger als jeder Klappentext:

Bist du bereit für eine atemberaubende Reise in die Welt verbotener Leidenschaft? In 'Florentina - Liebe fragt nicht' entfaltet sich eine leidenschaftliche Romanze, die die Grenzen zwischen Liebe, Verlangen und der dunklen Seite der High Society Bostons aufreißt.

Die Geschichte nimmt ihren Anfang an der Seite des renommierten Starchirurgen Leander Carwell und seiner jungen Frau Florentina. In der Welt der High Society, wo Luxus und Privilegien regieren, fühlt sich Florentina so verloren wie ein Schiff in einem Sturm. Die introvertierte und emotionslose Natur ihres Mannes lässt sie nach echter Leidenschaft dürsten, und genau diese Sehnsucht führt sie auf einen gefährlichen Weg.

Während einer glamourösen Gala, auf der Florentina als schmückende Ehefrau erscheinen muss, begegnet sie dem geheimnisvollen Ukrainer Wassyl Gurow. In nur wenigen Augenblicken verliert sie sich in seinem erotischen Charme und findet sich in einem Strudel der Begierde gefangen. Obwohl ihr Verstand protestiert, wird ihr Verlangen nur noch intensiver. Der hungrige Blick, der kühl und anzüglich über ihren Körper wandert, und die Spuren seiner Berührung auf ihrer Haut hinterlassen einen bleibenden Eindruck.

Doch plötzlich wird Leander tot aus dem Fluss geborgen. Ein düsterer Verdacht liegt in der Luft. Waren seine Geschäfte mit den mächtigen Gurow-Brüdern verantwortlich für sein tragisches Schicksal? Florentina steht vor einer zerreißenden Entscheidung, während die Schatten der Vergangenheit und die gnadenlosen Gesetze des Familien-Clans über ihr schweben.

'Florentina - Liebe fragt nicht' ist eine fesselnde Romanze, die dich von der ersten Seite an packen wird. Heike Gehlhaar entführt dich in die Welt der High Society und der verbotenen Leidenschaft, wo die Grenzen zwischen Richtig und Falsch verschwimmen.

Die Protagonisten werden dich auf eine emotionale Achterbahnfahrt mitnehmen, bei der Liebe und Verlangen auf eine harte Probe gestellt werden.

Bist du mutig genug, dich in die Welt von Florentina und Wassyl zu stürzen und das Geheimnis hinter Leanders Tod zu lüften? Tauche ein in diese atemberaubende Geschichte, die beweist, dass die Liebe keine Fragen stellt – sie fordert uns heraus, alles zu riskieren.

'Florentina - Liebe fragt nicht' - Überall erhältlich, wo es Bücher gibt. Lass dich von der Liebe ohne Tabus verführen!

ISBN Softcover: 978-3-347-69002-8 ISBN Hardcover: 978-3-347-69003-5 ISBN E-Book: 978-3-347-69004-2

Thrillerzeit

Niemand hört dich schreien

Klappentext:

Ein siebenhundert Jahre während er Familienfluch - uralte Mauern verbergen unsagbaren Reichtum und eine unrühmliche Geschichte, versteckt und vergessen unter dunklen Fichtennadeln ...

Als die Autorin Rita Dankeschön den Landsitz der Familie Balandero mietet, haben sie und die zehn Gäste ihres Erzählwochenendes keine Ahnung, worauf sie sich damit einlassen. Schon bald geschehen bösartige und gefährliche Dinge, die so alt sind wie die vom Efeu überwucherten Mauern. Dabei erscheinen ihnen zunächst die absurden Vorfälle und unheimlichen Begegnungen, die jeden in Angst und Schrecken versetzen, wie Einbildungen.

Doch als die ersten Gäste spurlos verschwinden wird klar, einer von ihnen spielt ein doppeltes Spiel. Zu spät für eine Flucht wird es bald zur Lotterie, wer von ihnen das Landgut lebend verlassen wird.

Eine atemberaubende Jagd zwischen Horror und Mystik, in der du schnell die Realität verlieren könntest.

Bist du bereit, jeder Minute dieses scheinbar harmlosen 'Erzählwochenendes' zu folgen? Überlege dir gut, ob du deinen Fuß auf das uralte Anwesen setzt! Es könnte deine letzte Entscheidung sein ...

ISBN:
978-3-347-42479-1 (Paperback)
978-3-347-42480-7 (Hardcover)
978-3-347-42481-4 (e-Book)

Romane unter dem Pseudonym Zoe Violett:

'Pia' aus der Reihe: 'Fire and Night'

Diese Romanze-Kurzgeschichte aus der Reihe ist der Auftakt zu Projekten unter einem Pseudonym.

Klappentext:

In 'Pia', dem ersten Teil der fesselnden Novellenreihe 'Fire and Night', trifft die erfolgreiche Autorin erotischer Romane auf den scheinbar gegensätzlichen Fantasy-Autor Maik Wimmer. Pia, die ihr Leben frei und unabhängig gestaltet, steht plötzlich vor einer Herausforderung, als ihr Agent sie mit Maik konfrontiert. Doch hinter Maiks schrulligem Äußeren verbirgt sich mehr, als Pia erwartet hätte.
Als Pia Maik näher kennenlernt, wird sie von seinem stahlblauen Blick und seinem unkonventionellen Stil angezogen.

Zwischen ihnen entflammt eine unerwartete Anziehungskraft, die Pias bisheriges Lebenskonzept ins Wanken bringt. Ein Messetag und Maiks kritische Analyse von Pias Romanen führen dazu, dass sie beginnt, hinter seine äußere Erscheinung zu blicken. Mutig fordert sie ihn heraus, ihre vermeintlichen sinnlichen Defizite auszumerzen.

Doch als Maik sein Shirt lüftet und ein neonfarbenes Tattoo auf seinem gestählten Körper enthüllt, wird Pia mit einer Welle der Aufregung und Unsicherheit überflutet. In dieser einen Nacht steht sie vor der Entscheidung ihres Lebens: Könnte Maik ihr größtes Abenteuer werden oder der größte Fehler, den sie je gemacht hat?

Tauchen Sie ein in die Welt von 'Fire and Night' und erleben Sie mit Pia und Maik eine Geschichte voller Leidenschaft, Spannung und der unerwarteten Kraft der Liebe, die alle Grenzen überwindet. Ideal für Leser, die sich nach einer aufregenden und zugleich romantischen Geschichte sehnen, die moderne Themen mit einer Prise Erotik und Fantasy verbindet.

ISBN Softcover: 978-3-759-72371-0